JN242655

まぼろしの怪談《かいだん》　**わたしの本**

作　緑川聖司
絵　竹岡美穂

ポプラ ポケット文庫

もくじ

Poplar
Pocket
Library

わたしの本

これは、わたしが中学生のときの話です。

わたしの学校のプールには、『第四コースの花子《はなこ》さん』といううわさがありました。

トイレの花子さんは、じつは泳げなくて、月のない夜になるとプールの第四コースでこっそり練習してるんだけど、それを見られるとものすごく怒《おこ》るというのです。

あれは、クラブの合宿で学校に泊《と》まることになった日の夜のことでした。

ちょうど月のない夜だったこともあり、怪談話《かいだんばなし》でもりあがったわたしたちは、じゃんけんをして、負けた人がプールの花子さんを見にいくことになりました。

じゃんけんで負けたわたしが、ひとりでしぶしぶ見にいくと、プールのほうからバシャバシャと水音がきこえてきます。

ドキッとしながら、金網《かなあみ》ごしにのぞきこむと、白いシャツに赤いスカートの女の子が、ザバッと音をたてて第四コースからあがるのが見えました。

「きゃっ」

わたしが短い悲鳴をあげると、女の子がこちらに気づいてにらむような気配を見せたので、わたしはあわててクラブハウスににげ帰りました。

みんな、いつのまにか布団《ふとん》で気もちよさそうに寝息《ねいき》をたてています。

わたしが自分の布団にもぐりこんで、息を殺していると、しばらくして部屋にびしょぬれの女の子が入ってきました。

女の子は、ぽたぽたと水てきを落としながら、ねているみんなの顔をひとりひとりのぞきこんでは、

「こいつじゃない……こいつじゃない……」

とつぶやいています。

わたしは布団《ふとん》を引きあげると、ギュッと目を閉《と》じました。

ところが、いつまでたっても、わたしのところにやってきません。

あきらめて帰ったのかな、と思って目をあけた瞬間《しゅんかん》、すぐ目の前でわたしの顔をのぞきこんでいた女の子がニヤリと笑って――


「おまえだぁぁあっ！」


「……はぁ」

秋のまっ赤な夕陽がさしこむ六年二組の教室で、ほおづえをついて窓《まど》の外をながめながら、わたしがため息をついていると、

「どうしたの？」

同じクラスのはるかが声をかけてきた。

「これ」

わたしは読んでいた本の表紙をはるかに見せた。

『本当に怖《こわ》い百物語』

先週、市立図書館で借りてきた本だ。

「また怖い本？　ほんとに好きだねえ」

はるかはちょっとあきれたようにいった。

「でも、どうしてため息なんかついてたの？」

「それが、そんなに怖くなかったのよ」

わたしは肩《かた》をすくめて口をとがらせた。

まあまあ怖いと思ったのは、百話のうちひとつかふたつぐらいで、いまの話も大きな文字でおどかそうとしてるんだけど、ラストの予測《よそく》がついたので、全然怖くなかった。

「しょうがないよ。まみ、こういう話にくわしすぎるんだもん」

苦笑するはるかに、

「最近、どの本を読んでも、先が読めちゃってつまらないんだよね。あーあ、もっと怖《こわ》くておもしろい怪談《かいだん》はないかなあ……」

わたしが天井《てんじょう》を見上げていると、

「だったら、自分で書いてみたら？」

うしろから、そんな声がきこえてきた。

「え？」

ふりかえると、同じクラスの小枝《さえ》ちゃんが、すぐうしろに立っていた。

小枝ちゃんは、わたしと同じ図書室の常連《じょうれん》で、駅前の本屋さんでもよく顔をあわせたりするんだけど、読むジャンルは全然ちがっていて、わたしは怖い系《けい》、小枝ちゃんはおもにミステリー系だった。

そんな小枝ちゃんは、

「これ、知ってる？」

というと、カラフルな一枚《まい》のチラシをさしだした。

『めざせ！　未来のベストセラー作家』

あなたも小学生作家をめざしてみませんか？

応募資格《おうぼしかく》は、小学生ならだれでもＯＫ！

ジャンルはなんでもかまいません。


その下には、女の子がはちまきをして、パソコンに向かっているイラストが描《か》かれている。

どうやら、小学生限定《げんてい》の小説コンクールのようだ。

応募資格は、小学生であること。

原稿《げんこう》用紙二十枚《まい》から八十枚で、ジャンルは不問。しめ切りは一か月後。

ただし、自分で考えたオリジナルの小説にかぎる――

わたしが募集要項《ぼしゅうようこう》を読んでいると、

郵 便 は が き

おそれいりますが
切手を
お貼りください

160-8565

東京都新宿区大京町22-1
株式会社ポプラ社
「ポプラポケット文庫・カラフル文庫」
編集部行

お買い上げありがとうございます。この本についてのご感想をおよせください。
また、弊社に対するご意見、ご希望などもお待ちしております。

フリガナ お名前		男・女	歳
ご住所	〒 都道府県		
お電話番号			
E-mail			
ご職業	1.保育園 2.幼稚園 3.小学1年 4.小学2年 5.小学3年 6.小学4年 7.小学5年 8.小学6年 9.学生(中学) 10.学生(高校) 11.学生(大学) 12.学生(専門学校) 13.パートアルバイト 14.会社員 15.教員 16.専業主婦(主夫) 17.その他 ( )		

※いただいたおたよりは、よりよい出版物、製品、サービスをつくるための参考にさせていただきます。
※ご記入いただいた個人情報は、刊行物・イベントなどのご案内ほか、お客様サービスの向上やマーケティング目的のために個人を特定しない統計情報の形で利用させていただきます。
※ポプラ社の個人情報の取り扱いについては、ポプラ社ホームページ (www.poplar.co.jp) 内プライバシーポリシーをご確認ください。

本の タイトル	

■この本を何でお知りになりましたか？

1.書店店頭　2.新聞広告　3.電車内や駅の広告　4.テレビ番組
5.新聞・雑誌の記事　6.ネットの記事・動画　7.友人のクチコミ・SNS
8.ポプラ社ホームページや公式SNS　9.学校の図書室や図書館
10.読み聞かせ会やお話会　11.その他（　　　　　　　　　　　）

■この本をお選びになったのはどなたですか？

1.ご本人　2.お母さん　3.お父さん　4.その他（　　　　　　　　　）

■この本を買われた理由を教えてください

1.タイトル・表紙が気に入ったから　2.内容が気に入ったから
3.好きな作家・著者だから　4.好きなシリーズだから　5.店頭でPOPなどを見て
6.広告を見て　7.テレビや記事を見て　8.SNSなどクチコミを見て
9.その他（　　　　　　　　　　　）

・カバーについて　（とても良い・良い・ふつう・悪い・とても悪い）
・イラストについて　（とても良い・良い・ふつう・悪い・とても悪い）
・内容について　（とても良い・良い・ふつう・悪い・とても悪い）

■その他、この本に対するご意見

■今後どのような作家の作品を読みたいですか？

◆ご感想を広告やホームページなど、書籍のPRに使わせていただいてもよろしいですか？

1.実名で可　2.匿名で可（　　　　　　　　　　　）　3.不可

ご記入いただき、ありがとうございます。今後の出版の参考にさせていただきます。

「この前、本屋さんで見つけたんだけど、わたしは読むの専門《せんもん》だから、まみちゃんにどうかな、と思って。どう？　書いてみない？」

小枝《さえ》ちゃんがそういって、わたしの顔をのぞきこんだ。

「えー」

わたしは笑ってのけぞった。

「無理だよ、そんなの」

「どうして？　まみちゃんが国語の時間に書いた話、おもしろかったのに」

「ああ、あれね」

小枝ちゃんがいっているのは、国語の授業《じゅぎょう》で、創作《そうさく》してみようという課題がでたときに、わたしが提出《ていしゅつ》した怪談《かいだん》のことだ。

あのときに提出したのは、こんな話だった。

宙《ちゅう》にうかぶ幽霊《ゆうれい》

これは、友だちのK《ケイ》くんからきいた話です。

秋もふかまった、あるしずかな夜のこと。

五年生のKくんは、晩《ばん》ご飯を食べたところで、明日が提出期限《ていしゅつきげん》の宿題を、学校にわすれてきてしまったことに気がつきました。

夜道を走って学校にいくと、まだ先生がのこっていたので、事情《じじょう》を話して、中に入れてもらいました。

職員室《しょくいんしつ》で鍵《かぎ》を借りて、Kくんが教室にいこうとしたとき、

「あ、Kくん」

先生が呼《よ》びとめました。

「教室にいっても、窓《まど》の外だけはぜったいに見るなよ」

「どうしてですか?」

Ｋ《ケイ》くんがききかえすと、先生はけわしい顔でくりかえしました。

「それはきかないほうがいい。とにかく、窓《まど》の外を見るんじゃないぞ」

Ｋくんはいちおう「わかりました」と答えましたが、そんなことをいわれたら、よけいに気になってしまいます。

Ｋくんは、三階にある教室で宿題を見つけてカバンに入れると、窓に近づきました。

そして、カーテンをサッとあけて……その場でこおりつきました。

そこには、まっ白い服を着た女の人が、手足をぶらぶらさせながらうかんでいたのです。

うつむいた顔からは、舌《した》がだらんとたれさがっています。

その体が風でゆれて、くるりとこちらを向いた瞬間《しゅんかん》、女の人の目がカッと開いて、Ｋくんをにらみました。

「うわ――っ！」

金しばりがとけたＫくんの悲鳴をきいて、先生がかけつけました。

そして、すばやくカーテンを閉《し》めると、Ｋくんを教室からつれだしました。

職員室《しょくいんしつ》までもどって、やっとおちついたK《ケイ》くんに、先生はこんな話をしました。

学校ができる前、この場所には大きな病院が建っていました。

その病院の三階の病室で、病気を苦にして首をつって死んだ女の人がいたそうです。

「その人が首をつったのが何十年か前の今日で、病室があった場所が、ちょうどあの教室の窓《まど》の外にあたるんだ」

病院はとっくにとりこわされているのですが、そのことに気づいていないのか、いまだにこの日になると、教室の窓の外に女の人の幽霊《ゆうれい》がでることがある、ということでした。


Kくんの部屋でこの話をきいていたぼくは、

「おまえはこの話、信じるか?」

というKくんの言葉に、

「えっと……」

すぐにはなにも答えられませんでした。

すると、K《ケイ》くんはひきつったような笑《え》みをうかべて、

「うたがうんだったら、カーテンをあけてみろよ。その幽霊《ゆうれい》、おれが気に入ったらしくて、ついてきちゃったんだ」

そういうと、ぴったりと閉《と》じられたカーテンに目を向けました。

幽霊を目撃《もくげき》して以来、窓《まど》の外にその女の人がうかぶので、Kくんは自宅《じたく》にいるときも、カーテンをずっと閉《し》めてすごしているのだそうです。

「ほら、あけてみろって。もしかしたら、今度はおまえを気に入って、ついていっちゃうかもしれないけどな」

Kくんの真剣《しんけん》な表情《ひょうじょう》に、ぼくはうごくこともできず、じっとカーテンを見つめていました。

了

最終的に提出《ていしゅつ》できたのはクラスの半分くらいだったんだけど、投票の結果、わたしの作品が一番人気になったのだ。

「でも、あれはすごく短いよ。原稿《げんこう》用紙で三、四枚《まい》くらいだもん。これって、最低でも二十枚はいるんでしょ？」

「だったら、いっぱい集めれば？」

チラシを見ながらはるかがいった。

「ほら、学校の七不思議ってあるじゃない。三枚の怪談《かいだん》でも、七つ集めたら二十枚になるわけだし」

「うーん……でも、怪談をただならべただけじゃ、小説にはならないんじゃないかな」

読書好きの小枝《さえ》ちゃんが、こまったように眉《まゆ》をよせる。

「あ……」

ふたりのやりとりをきいているうちに、思いだしたことがあって、わたしは声をあげた。

昔、図書館で借りて読んだ本で、すごく怖《こわ》くておもしろい本があったのだ。

その本は、主人公の女の子が、友だちとこっくりさんをするシーンからはじまるんだけど、こっくりさんじゃなくて、学校で死んだ女の子の霊《れい》が降《お》りてきて、主人公たちが呪《のろ》われてしまう。

その呪いをとくためには、学校の七不思議をそろえることが必要で、主人公たちは協力して、怖《こわ》い目にあいながらも七不思議をさがしていくというストーリーだった。

わたしがその本の話をふたりにすると、

「おもしろそう。その話を、そのまま書いて応募《おうぼ》しちゃえば」

はるかがけっこうとんでもないことを、あっさりといった。

「盗作《とうさく》はだめだよ。自分で考えなきゃ」

小枝《さえ》ちゃんがあわてて、さっきのチラシの「自分で考えたオリジナルの小説にかぎる」という部分を指さす。

盗作というのは、人の書いた本や漫画《まんが》の内容《ないよう》を、そのままぬすんでしまうことだ。

「でも、学校の怪談《かいだん》って、似《に》たような話が多くない？」

「たしかに」

はるかの台詞《せりふ》に、わたしはうなずいた。

怖《こわ》い本を読んでいると、たまに、

「あれ？　これって、前にも別の本で読まなかったっけ？」

と思うことがある。

「じゃあ、自分の学校に実際《じっさい》につたわってる話だったらいいんじゃない？　ほら、あかずの教室とか――」

小枝《さえ》ちゃんの言葉に、

「え……」

わたしはちょっとひるんだ。

あかずの教室というのは、西校舎《こうしゃ》の三階の一番奥《おく》にある教室で、ドアがふたつとも封鎖《ふうさ》されていて、もう何年もだれも入ったことがないらしい。

先生は、「あそこは物置になっていて、いすとか机《つくえ》がくずれてくるとあぶないから、立ち入り禁止《きんし》にしてるんだ」なんていってるけど、本当は、一度中に入るとでてこられなくなるというううわさだった。

ただし、実際《じっさい》になにがあったのかは、だれも知らなかった。

(そうか……ただ読むだけとはちがって、書くとなると、取材みたいなこともしなきゃいけないんだな)

怖《こわ》い話を読むのは好きだけど、怖い思いをするのはあまり好きじゃないわたしがしりごみをしていると、

「ねえ、とりあえず、その本をまねして、こっくりさんをやってみない?」

はるかがわたしたちの顔を見ながら、そんなことをいいだした。

「でも、あれってやばいんじゃないの?」

わたしはびっくりして、はるかを見た。

「平気だって。最近、お姉ちゃんのクラスでもはやってるけど、占《うらな》いみたいなものだっていってたよ」

はるかは手をひらひらとふりながら、気楽な口調でいった。

はるかには、地元の中学校に通っているふたつ年上のお姉ちゃんがいるのだ。

こっくりさんは、本の中では何十回も読んだことがあるけど、やったことは一度もな

かった。

怪談《かいだん》にでてくるこっくりさんは、怖《こわ》い話とか悲惨《ひさん》な結末になる話が多い。だけど、そういうのはたいてい、こっくりさんをばかにしたり、途中《とちゅう》で急にやめたりして、ちゃんと帰ってもらわなかった場合だし、なにより、もし本当に小説を書くなら、一度は体験してみたほうがいいかもしれない。

結局、小説のためになるならと小枝《さえ》ちゃんもうなずいて、わたしたちはこっくりさんを試してみることにした。

わたしはノートを一枚《まい》やぶりとって横向きにすると、てっぺんの中央に鉛筆《えんぴつ》で鳥居《とりい》のマークを書いた。

その左右に〈はい〉と〈いいえ〉を書いて、下に◯から九までの数字と五十音を書けば、準備完了《じゅんびかんりょう》だ。

あとは、鳥居の上にコインを置いて、みんなの指をのせて、こっくりさんを呼《よ》びだす呪文《じゅもん》をとなえるんだけど、ちょうどわたしの机《つくえ》の奥《おく》に十円玉が入っていたので、コインはそれをつかうことにした。

夕陽はさらにふかい赤になって、教室をそめている。

いつのまにか、クラスのほかのみんなは帰ってしまって、教室にのこっているのはわたしたち三人だけになっていた。

雰囲気《ふんいき》をだすために、ドアも窓《まど》もカーテンも全部閉《し》めて部屋の電気を消すと、カーテンごしにさしこむ夕陽で、教室は赤暗くそまった。

わたしたちは紙を置いた机《つくえ》をかこむように立って、鳥居《とりい》の上においた十円玉に人さし指をそえると、代表してわたしがきまり文句《もんく》をとなえた。

「こっくりさん、こっくりさん、どうかおいでください。おいでになられましたら、『はい』のほうにお進みください」

わたしがいい終わるのと同時に、

「きゃっ」

小枝《さえ》ちゃんが肩《かた》をビクッとふるわせて、小さく悲鳴をあげた。

「どうしたの？」

わたしがきくと、小枝ちゃんは十円玉に指を置いたまま、

「いま、指に電気が走った……」

そういって、不安げに眉《まゆ》をよせた。

わたしたちが顔を見合わせていると、今度ははるかが「あっ」と声をあげた。

紙の上に視線《しせん》をもどすと、十円玉がこきざみにゆれながら、ゆっくりと〈はい〉に移動《いどう》していくところだった。

まるで、指が十円玉にひっぱられるみたいな感覚だ。

「わたし、うごかしてないよ」

はるかがわたしたちの顔を見る。

「ほら、きっとあれだよ。緊張《きんちょう》して、指がふるえたから……」

わたしがそういいかけたとき、十円玉が今度は五十音表のほうに移動して、紙の上をぐるぐるとまわりだした。

しかも、はじめはゆっくりうごいていたのが、どんどん速くなっていく。

「え？　なに？」

はるかが悲鳴のような声をあげる。

「ちょっと、ふたりとも冗談《じょうだん》はやめてよ」

小枝《さえ》ちゃんがひきつった笑《え》みをうかべて、わたしたちの顔を見るけど、わたしとはるかはぶんぶんと首をふった。

やめようとしても、まるで接着剤《せっちゃくざい》でもつかったように、指は十円玉にぴったりとはりついてはなれない。

ぐるぐるとまわりつづける十円玉に、わたしたちがパニックになっていると、とつぜん教室のドアがガラッと開いた。

「きゃあっ！」

わたしたちはとびあがって、その拍子《ひょうし》に十円玉から指がはなれた。

呼吸《こきゅう》をととのえながら顔を向けると、ドアのところに見おぼえのない、若《わか》い男の人が立っていた。

教育実習生の時期でもないし、だれだろうと思っていると、

「ごめんごめん」

その男の人は頭をかきながら、電気をつけて教室に入ってきた。

「おどかしちゃったみたいだね」

「あの……だれですか？」

はるかが眉《まゆ》をよせてたずねた。

「先週から、産休に入った先生の代わりできてるんだけど……」

男の人はそういって、〈山岸《やまぎし》〉と書かれた教職員《きょうしょくいん》用の名札をひょいとかかげてみせた。

「放課後の見まわりをたのまれて、教室の前を通ったら……」

「声がうるさかったですか？」

小枝《さえ》ちゃんが首をすくめる。

「いや」

山岸先生はにやりと笑ってつづけた。

「中から動物のにおいがしたような気がしたから、犬でも入りこんでるのかと思って、ドアをあけてみたんだけど……」

わたしたちが顔を見あわせていると、先生は机《つくえ》の上の紙を見つけて、

「なるほど。こっくりさんをしてたのか」

納得《なっとく》したようにいった。

「もしかして、はやってるのかな?」

「いえ……」

わたしがどう説明しようかと考えていると、

「取材なんです」

はるかが、さっきのチラシを見せながら、小説を書く参考にするため、こっくりさんを試していたのだと話した。先生は、

「なるほどね」

とうなずいて、

「たしかに、頭の中だけで考えるよりも、実際にやってみたほうが、ずっとリアリティがあると思うけど……この教室でこっくりさんをやるなんて、勇気があるね」

その感心したような口調に、

「あの……この教室って、なにかあるんですか?」

不安になったわたしがたずねると、

「あれ？　知らないの？」

先生はちょっと目をまるくしていった。

「最近は、こっくりさんをする人が少なくなったから、つたわってないのかな。この教室はね……」

こっくりさん

いまから十年以上前の話。

六年二組に、ハナコという名前の女の子がいた。

二学期に入ると、ハナコは同じクラスの女子たちから、いじめをうけるようになった。

きっかけは、ささいなことだった。女子のグループで中心的な存在《そんざい》だったユミコが、授業《じゅぎょう》中に先生に注意されて、同じ授業でハナコがほめられたのだ。

授業《じゅぎょう》のあと、ユミコがハナコにいやみをいうと、おとなしい性格《せいかく》だったハナコは、返事ができずにだまってしまった。

それを無視《むし》されたと感じたユミコが、なかまといっしょにいやがらせをはじめたのだ。

毎日のように、上ぐつをかくされたり、ノートをやぶられたり、机《つくえ》に落書きをされたりしていたが、いつかはやめてくれるだろうと、ハナコはだまってがまんしていた。

そんなある日のこと。

放課後、ハナコがひとりで帰る準備《じゅんび》をしていると、ユミコが声をかけてきた。

「ねえ、いまからみんなでこっくりさんをやるんだけど、いっしょにやらない？」

どうやら、みんな怖《こわ》がって、参加人数がたりないらしい。

ハナコは本当は怖かったけど、なかよくなるきっかけになるかもしれないと思い、参加することにした。

カーテンを引いて、電気を消した教室のまん中で、紙をかこんで十円玉に指をのせる。

「こっくりさん、こっくりさん、どうかおいでください。おいでになられましたら、『はい』のほうにお進みください」

ユミコがいい終わるのと同時に、十円玉が「はい」のほうにスーッとうごいた。

「すごい」

指になんの力もこめていなかったハナコは、すなおにおどろいた。

だけど、ユミコが次に口にした台詞《せりふ》に、ハナコはこおりついた。

「このクラスに、ハナコのことがきらいな人はどれくらいいますか？」

ぼうぜんとするハナコを置き去りにして、十円玉は紙の上を、まるでハナコ以外の全員が協力しているみたいにスムーズにうごいた。

「み」「ん」「な」

「みんなだって。かわいそー」

ユミコの笑い声に、いっしょに参加していた子や、まわりで見ていた子たちもあわせて笑った。

ハナコはその場からにげだしたかったけど、あまりのショックで頭がまっ白になって、十円玉から指をはなすこともできなかった。

ユミコはそんなハナコを見て、にやにや笑いながら次の質問《しつもん》を口にした。

「こっくりさん、こっくりさん。次の質問です。ハナコのことが好きな人はいますか?」


「い」「な」「い」


今度も、十円玉はハナコの人さし指をのせたまま、勝手にうごいていく。

ハナコは、自分以外のみんなが笑っている顔を見るのが怖《こわ》くて、じっとうつむいているしかなかった。

そのあともユミコはひどい質問をくりかえして、そのたびに十円玉は、ハナコの心をえぐるような答えをかえした。

下校十五分前のチャイムに、ユミコはようやく質問《しつもん》をやめて、

「こっくりさん、こっくりさん。どうもありがとうございました。お帰りください」

そういうと、紙と十円玉をハナコに投げつけた。

「あー、おもしろかった。友だちがいなくてさびしいなら、こっくりさんにお友だちになってもらったら?」

ユミコたちがでていった教室で、くしゃくしゃになった紙と十円玉をにぎりしめながら、ハナコは泣くこともできずにただぼうぜんと座《すわ》りこんでいた。


次の日。ハナコは学校を休んだ。

次の日も、その次の日も、ハナコは学校にこなかった。

だけど、ユミコたちは心配することも、反省することもなく、うっとうしいやつがいなくなってせいせいしたと笑っていた。

そんなある日。

ユミコあてに一通の封筒《ふうとう》がとどいた。

差出人の名前はない。

自分の部屋で開いてみると、中には小さくやぶられた紙切れが何枚《まい》か入っていた。

なんだろうと思っていると、封筒の中にもう一枚、便箋《びんせん》が入っていることに気がついた。

それは、ハナコからの手紙だった。


〈このあいだは、こっくりさんにさそってくれて、ありがとう。

あのときにつかった紙を送ります。

知ってる？　こっくりさんでつかった紙は、小さくちぎって燃《も》やさないといけないんだよ。紙を燃やさずにもっておくと、その人のところに、こっくりさんがたずねてくるんだって。それじゃあね〉

ユミコは手紙を読んで、フン、と鼻で笑った。

こんな手紙を書いて、おどかしているつもりなんだろうか。

ユミコは手紙をくしゃくしゃにまるめると、紙切れといっしょにゴミ箱にすてた。


その日の夜。

ベッドでねていたユミコは、部屋の中からただよってくる強烈《きょうれつ》なにおいで目がさめた。

それはまるで、けもののようなにおいだった。

グルルルル……という低いうなり声と、フシューッという荒《あら》い鼻息のような音もきこえてくる。

ユミコが体を起こそうとすると、おさえこむようにして、おなかの上に大きなものがとびのってきた。

暗闇《くらやみ》に目がなれてきたユミコの前にあらわれたのは、大型の犬のような生き物だった。

大きく開いた口から、よだれがボタボタとユミコの胸《むね》に落ちてくる。

ユミコが指一本うごかせず、声もだせずにいると、けものの口が、ユミコの首すじにゆっくりと近づいてきた。

次の日、なかなか起きてこないユミコを心配したお母さんが部屋をのぞくと、まっ赤な目をしたユミコが、口のはしからよだれを流しながら、まるでけもののようにとびかかってきた。

了

「——その手紙は、ハナコさんをいじめていたグループ全員に送られていて、みんな同じようにけものにおそわれたようだけど、朝になったらなんともなかったらしい。ただ、ユミコさんだけはけものにとりつかれたまま、もどることができなくて、そのまま卒業まで学校に通えなかったそうだよ」

先生はそう話をしめくくると、教室を見まわしてからつづけた。

「それ以来、六年二組の教室でこっくりさんをするのは、禁止《きんし》になったはずなんだけど……」

わたしたちは泣きそうになりながら、顔を見あわせた。

「それで、ハナコさんはどうなったんですか？」

小枝《さえ》ちゃんがきくと、

「それが、なにも起こらなかったんだ」

山岸《やまぎし》先生は、肩《かた》をすくめて答えた。

「彼女《かのじょ》には、手紙を書いた覚えも、送った記憶《きおく》もなかったそうだよ」

ちなみに、こっくりさんというのは、漢字で書くと〈狐狗狸《こっくり》さん〉——キツネとイヌとタヌキになるらしい。

「キツネもタヌキもイヌ科の動物だから、もしかしたら、そのけものは、紙の切れはしのにおいをたどってきたのかもしれないね」

先生はそういって笑った。

「あの……これ、どうしたらいいんでしょうか」

わたしは小さく手をあげて、机《つくえ》の上の紙を見た。

「とりあえず、手順通りに帰ってもらったらいいんじゃないかな」

先生の言葉に、わたしたちはうなずきあうと、十円玉に指をもどして、

「こっくりさん、こっくりさん、ありがとうございました。どうぞ、お帰りください」

ととなえた。

だけど、十円玉はぴくりともうごかない。

帰ってくれなかったらどうしようとドキドキしたけど、三回となえたところで十円玉は紙をすべるようにして、鳥居《とりい》の上へともどっていった。

十円玉から指をはなすと、わたしたちはフーッと大きく息をはきだした。

「よかった……」

わたしは胸《むね》に手をあてた。

「でも、いい経験《けいけん》になったんじゃない？」

はるかがそういって、わたしの肩《かた》をたたく。

たしかに、取材という意味では、いい経験だったかもしれないな、と思って顔をあげた
わたしは、

「あれ？」

と声をあげて、あたりを見まわした。

いつのまにか、さっきの先生の姿《すがた》がどこにも見えなくなっていたのだ。

そういえば、見まわりの途中《とちゅう》だといっていたような気がする。

だけど、ドアのあく音ってしたかな……と思っていると、

「これ、どうするの？」

はるかが紙と十円玉を指さした。

「えっと……」

たしか、こっくりさんでつかった紙は、四十八時間以内に四十八枚《まい》以上にちぎって、燃《も》やさないといけなかったはずだ。そして、十円玉はその日のうちに、ほかのお金とはまぜずにつかってしまわないといけない。

帰り道の途中《とちゅう》に神社があるから、十円玉はさい銭《せん》箱に入れればいいだろう。

わたしの説明をきいて、安心したはるかに、

「それじゃあ、あとは書くだけだね」

といわれて、わたしは「うーん」と首をひねった。

「でも、小説なんて書いたことないから、どう書けばいいのかわからないし……」

「好きなように書けばいいんじゃない？」

小枝《さえ》ちゃんが笑っていった。

「ほら、小説の書き方に正解《せいかい》なんてないっていうし。きっと、書きたいように書けばいいんだよ」

「でも、知ってる小説のまねになっちゃいそうで……」

「別にプロじゃないんだから、はじめはまねでもいいんじゃないかな。書いていくうちに、ぜったい変わっていくって」

なんだか説得力のある言葉に、わたしはちょっと考えてから、すなおにうなずいた。

「わかった。書いてみる」

「ごちそうさま」

晩《ばん》ご飯を食べ終えると、わたしはお母さんに、こまかくやぶった紙を燃《も》やしてもらうようお願いした。

お母さんは、ちょっとびっくりした顔をしてから、すぐに、

「こっくりさんね」

こまったようにほほえんで、引きうけてくれた。

どうやらお母さんも、子どものころにやったことがあるみたいだ。

わたしは自分の部屋にもどると、つかっていないノートをさがした。

じつは前から、小説を書いてみたいと思っていたのだ。

ただ、きっかけもなかったし、どう書けばいいのかもわからなかったので、ずっと頭の中で考えているだけだったんだけど、今日はきっかけももらったし、書き方――というか

心がまえも教えてもらった。

あとは、書くだけだ――。

しばらくさがしていると、本だなの本と本の間から、一冊《さつ》のノートがすとんと落ちてきた。

ふつうの大学ノートで、うすい青と緑と灰色《はいいろ》がまざったような、独特《どくとく》の色の表紙をしている。

（こんなノート、もってたかな……）

自分で買った覚えはなかったので、お母さんかだれかからもらったのかもしれない。

高価《こうか》なものではなさそうだけど、なんとなく特別っぽい雰囲気《ふんいき》もあって、わたしはひとめで気に入った。

「はじめはまねでもいいいんじゃないかな――」

小枝《さえ》ちゃんの言葉を思いだしながら、わたしは机《つくえ》に向かうと鉛筆《えんぴつ》をにぎりしめて、こっくりさんの場面から書きはじめた。


ある日の放課後のこと。

六年二組の教室で、わたしとはるかと小枝《さえ》ちゃんの三人は、こっくりさんをすることにした。

みんなが帰るのをまってから、カーテンを閉《し》めて、電気を消す。

夕陽がカーテンにあたって、なんだか不思議な雰囲気《ふんいき》だ。

紙を用意して、十円玉に指をのせると、

「それじゃあ、はじめるよ」

はるかがいった。

わたしと小枝ちゃんは、ごくりとつばをのみこんで、うなずいた。

はるかが目を閉《と》じて、こっくりさんを呼《よ》びだす文句《もんく》をとなえる。

「こっくりさん、こっくりさん、どうかおいでください。おいでになられましたら、『はい』のほうにお進みください」

すると、十円玉が——

コン、コン、コン

とつぜんノックの音がして、わたしはいすの上でとびあがった。

こっくりさんを呼《よ》びだす場面を書いている最中にノックの音なんて、心臓《しんぞう》に悪すぎる。

「はーい」

いすに座《すわ》ったまま、顔だけドアに向けて返事をするけど、なにもかえってこな

い。

「なあに？」

立ち上がって、ドアをあけたわたしは、背《せ》すじがスッとつめたくなるのを感じた。

ろうかにはだれもいなかったのだ。

わたしは階段《かいだん》をおりて、リビングをのぞいた。

お父さんはテレビを見ながら晩酌《ばんしゃく》をしているし、お母さんはアイロンをかけている。

ふたりとも、いまノックをしてもどってきたという感じではない。

「どうしたの？」

お母さんが顔をあげた。

「ううん。なんでもない」

わたしは首をふって部屋にもどった。

次の日の朝。

学校にいったわたしが、はるかと小枝《さえ》ちゃんに昨夜のできごとを話すと、

「それはきっと、呼《よ》んじゃったんだよ」

はるかがにやにや笑いながらいった。

「ほら、怪談《かいだん》なんか書いてると、お化けがきちゃうっていうじゃない」

「やめてよ」

わたしは顔をしかめて手をふった。

「これ、わたしたちもでてくるんだね」

ノートをぱらぱらとめくりながら、小枝ちゃんがいった。

「うん、そうなの」

小説の登場人物の名前なんて、いままで考えたことなかったんだけど、これが意外とむずかしくて、書きはじめるまで時間がかかってしまった。

結局、応募《おうぼ》するときは原稿《げんこう》用紙に書き直すつもりなので、そのときに変えればいいやと思って、自分たちの名前をそのままつかうことにしたのだ。

「それで、これからどうなるの？」

小枝《さえ》ちゃんが、ノートをかえしながらきいた。

「〈わたしたち〉が七不思議を調べないといけないんでしょ？」

「え？」

わたしはノートを手にして、最後のほうを読みかえした。


なにも力を入れてないのに、まるでなにかがのりうつったみたいに、十円玉が紙の上をうごきだした。


「あれ？」

たしか、昨夜はここで眠気《ねむけ》をがまんできなくなって、ベッドに入ったはずだ。

それなのに、話はまだつづいていた。

十円玉は、まるで意思をもっているみたいに、数字と文字の上をするするとうごいた。

「一」「し」「ゆ」「う」「か」「ん」「い」「な」「い」「に」「七」「ふ」「し」「き」「を」……


わたしは声にだして読んでいった。

「一週間以内に七不思議をしらべないと……呪《のろ》う」

わたしは自分の顔から血の気がひいていくのを感じた。

はるかと小枝《さえ》ちゃんも、泣きそうな顔をしている。

しばらくして、わたしはようやく声をだすことができた。

「こっくりさん、こっくりさん。それはどういう意味ですか？」

だけど、返事はかえってこない。

「とにかく、七不思議を調べようよ」

はるかが開き直ったようにいった。

「そうすれば、なにかわかるかもしれない」


わたしは最後の部分を何度も読みかえした。

たしかに、主人公たちに呪《のろ》いがかけられたところで終わっている。

しかも、一週間という期限《きげん》つきだ。

「これ、期限があるところがおもしろいね」

小枝《さえ》ちゃんが、本当におもしろそうにいった。

わたしは首をふった。

「わたし、こんなの書いた覚えないよ」

「でも、これってまみの字だよ」

はるかがいった。

そうなのだ。書いた覚えはないのに、ノートに書かれているのは、たしかにわたしの筆《ひっ》跡《せき》なのだ。

昨夜は、主人公たちがびっくりしてるところで終わったつもりだったのに、なぜだろう。それに——

「これって、昨日いってた、昔読んだことのある本と、展開《てんかい》がまったくいっしょかも」

「だったら、無意識《むいしき》のうちに、その本の記憶《きおく》がまざっちゃったんじゃない？」

「そうかな……」

はるかの言葉に、わたしはあいまいにうなずいた。たしかに終わりのほうは、半分ねぼけながら書いていたかもしれない。

「まったくおんなじだったら、さすがにちょっとまずいよね」

わたしは小枝《さえ》ちゃんを見た。

「うーん……でも、まだ下書きだし、とりあえず最後まで書いてから考えたらいいんじゃない？　それより、このあとどうなるの？」

「みんなで協力して、七不思議を集めるんだろうけど……そういえば、うちの学校って七不思議あったっけ？」

怪談《かいだん》の本を読むのは好きだけど、自分が通ってる学校の怪談は、あかずの教室ぐらいしかきいたことがない。

「なかったら、つくっちゃえばいいのよ」

はるかがそういったとき、ちょうど近くをクラスメイトの清人《きよと》くんが通りかかった。

清人くんは、お父さんもお母さんもこの学校の卒業生で、地元につたわるうわさや怪談《かいだん》話《ばなし》をよく知っている。じつは、わたしが国語の時間に発表した話も、清人くんからきいた話をもとにしたものだった。

「ねえ、清人くん。なにか怖《こわ》い話知らない?」

わたしは清人くんを呼《よ》びとめた。

「え?」

きょとんとする清人くんに事情《じじょう》を説明すると、

「へーえ、小説書いてるんだ」

清人くんは目をかがやかせた。

「それで、うちの学校の七不思議をなにか知らないかな、と思って」

「七不思議ねえ……」

清人《きよと》くんは腕《うで》をくんで天井《てんじょう》を見上げた。

「怖《こわ》い話だったら、七不思議じゃなくてもいいんだけど」

横から小枝《さえ》ちゃんがつけくわえる。

「だったら、最近きいた中でおれが怖かったのは、あの話かな」

清人くんは、こちらを向いて話しはじめた。

すれちがい

その日は、朝からなんだか変な感じだった。

目がさめて、リビングに顔をだしても、母さんも姉ちゃんも不機嫌《ふきげん》そうな顔でもくもくと朝ご飯を食べているだけで、ぼくのほうを見ようともしないのだ。

なんだかこっちもむかついてきたので、ぼくはご飯も食べずに、だまって家をでた。

どこにいくわけでもなく、町をぶらぶらしていたぼくが、大きな交差点で信号待ちをしていると、道の反対側に奇妙《きみょう》な女の人がいることに気がついた。

みんな、信号を見つめたり、あくびをしたりしているのに、ひとりだけ、あきらかにぼくをじっとにらんでいるのだ。

ぼくはふと、最近この交差点で死亡事故《しぼうじこ》があったことを思いだして、背《せ》すじが寒くなった。

暴走《ぼうそう》した車が、歩道につっこんで、たまたま歩いていた人がまきこまれて死んでしまったらしい。

もしかしたら、あれは生きてる人間じゃないのかも……。

とっさに目をそらしたけど、見られている気配を感じて顔を向けると、やっぱりぼくをにらんでいる。

死んでるくせに——そう思うと、なんだかむかついてきて、ぼくも相手をにらみかえした。

そんなことをしているうちに、信号が変わって、みんないっせいに歩きだした。

女の人とぼくとの距離《きょり》が、どんどん近づいていく。

そして、交差点のまん中ですれちがう瞬間《しゅんかん》、女の人がボソッとつぶやいた。

「死んでるくせに」

了

「……え？」

あまりにもあっさりとした終わり方に、わたしが呆気《あっけ》にとられていると、清人《きよと》くんは「どう？」ときいてきた。

「なにそれ？　どういう意味？」

わたしが理解《りかい》できなくてたずねると、清人《きよと》くんが解説《かいせつ》してくれた。

「ほら、よくあるだろ？　道の向こうから幽霊《ゆうれい》が歩いてきて、見えないふりをしてたら、すれちがう瞬間《しゅんかん》に幽霊が、『見えてるくせに』ってつぶやく怪談《かいだん》。だけどこれは、相手が幽霊だと思ってたら、じつは自分が死んでたっていう話なんだ。それって、けっこう怖《こわ》くない？」

「うーん」

たしかに怖いのかもしれないけど、間に解説がはさまったので、怖がるタイミングをのがしてしまった。

「ねえねえ」

横からはるかが口をはさむ。

「せっかく話してくれたのに悪いんだけど……それって、学校の怪談？」

「あ、そうか」

清人くんは頭に手をやった。

たしかに、学校はあんまり関係なかった。

「それじゃあ、この話は?」

清人《きよと》くんはつづけて話しはじめた。

腕《うで》

何年か前に、本当にあった話らしいんだけど……。

算数かなにかの授業《じゅぎょう》中に、教室のうしろのほうで、ふたりの女子がとつぜん悲鳴をあげたんだ。

ふたりが座《すわ》ってたのは窓際《まどぎわ》の一番うしろの席と、そのひとつ前の席。

ふたりともパニックになってたから、先生はとりあえず自習にして、ふたりを保健室《ほけんしつ》につれていくと、そこで話をきくことにした。

〈朱美《あけみ》の話〉

ノートをとってたら、急に左から髪《かみ》を引っぱられたんです。

わたし、反射的《はんしゃてき》に「やめてよ」っていったんですけど、わたしの左には窓しかないし、窓は閉《し》まっているし……第一、あいてたとしても、教室は四階だから、だれかが髪を引っぱれるはずがないんです。

気のせいと思って無視《むし》してたんですけど、それが何回かつづいたから、そろそろくるかなっていうタイミングで、パッと窓のほうを向いたんです。

そうしたら、窓の向こうをスーツを着た女の人が、さかさまに落ちていって……。

その人の手が、窓《まど》を通りぬけて、わたしの髪をつかんでいたんです。

何年か前に、この学校の卒業生が、就職《しゅうしょく》活動がうまくいかずになやんで、屋上からとびおりたっていう事件《じけん》がありましたよね？

もしかしたら、その女の人が、とびおりたことを後悔《こうかい》して、助けをもとめてるのかも……。

その腕《うで》ですか？

白くてほそい、骨《ほね》のような腕でした。

〈美佳《みか》の話〉

昨夜、おそくまでテレビを見てたから、ちょっとうとうとしてたんです。そしたら、前から「ちょっと」とか「やめてよ」って朱美《あけみ》の声がきこえてきて……。

顔を上げて、びっくりしました。

ちょうど、窓から腕がのびて、朱美の髪の毛を引っぱりながら落ちていくところだったんです。

え？　朱美は女の人が助けをもとめてるっていってたんですか？

……いいえ、それはないと思います。

だって、落ちていくときに、その女の人、くやしそうな顔で「チッ」って舌《した》うちをしたんですよ。

それより、先生。ここって、ちょうどわたしたちの教室の真下ですよね？

さっきから、窓《まど》の外を上から下へ、なにかがくりかえし落ちてきてるような気がするんですけど……。

了

話をきき終わって、わたしはちょっとゾクッとした。

偶然《ぐうぜん》なのか、それとも清人《きよと》くんがわざと話をアレンジしたのかはわからないけど、この教室も四階で、わたしは窓際《まどぎわ》の一番うしろの席に座《すわ》っているのだ。

チャイムが鳴ったので、わたしは席にもどると、いまの清人くんの話をノートにまとめることにした。

まずは、「七不思議を調べよう」のつづきからだ。


わたしたちは次の日から、学校の七不思議を集めることにした。

すると、さっそく同じクラスの清人《きよと》くんが、学校につたわる怪談《かいだん》を話してくれた。


きくと二、三分程度《ていど》の話でも、文章にまとめると、すごく時間がかかる。

一時間目だけでは終わらず、二時間目の途中《とちゅう》までかかって、やっと最後まで書ききることができた。

だけど、なんとなくものたりない。

そこで、せっかくなので、自分なりに少し書きたすことにした。

自殺した人のたましいは、成仏《じょうぶつ》できずに、死ぬ直前の行動を永遠《えいえん》にくりかえすといわれている。

もしかしたら、その人はいまでも窓《まど》の外をくりかえし落ちつづけているのかもしれない。


うちの学校でとびおり自殺があったなんて、きいたことなかったけど、小説だからまあいいや、と思ってノートを閉《と》じた瞬間《しゅんかん》、だれかが左側からわたしの髪《かみ》を強く引っぱった。

「あいたっ」

小さく悲鳴をあげて、反射的《はんしゃてき》に横を見る。

だけど、わたしの席は一番うしろだし、左側には窓しかないので、だれにも髪を引っぱることはできない。

気のせいだと自分にいいきかせながら前を向くと、またまだれかの手が近づいてくる気配を感じた。

パッと横を向くと、白くてほそい腕《うで》をのばした女の人が、窓《まど》の外を舌《した》うちしながらさかさまに落ちていくところだった。

「きゃあっ！」

わたしは思わず、がたっといすを鳴らして立ち上がった。

クラス中の視線《しせん》がわたしに集中する。

「どうしたんだ？」

先生が板書の手をとめてやってきた。

「あ、いえ……なんでもありません」

わたしは額《ひたい》に手をあてながらいった。急に立ち上がったせいか、なんだか頭がくらくらする。

「顔がまっ青じゃないか。保健《ほけん》委員は……」

「あ、わたし、保健室までつきそいます」

はるかがすばやく手をあげて、わたしの手をとった。

はるかにささえてもらいながら、教室をあとにする。

「だいじょうぶ？」

「うん……」

少しふらつきながら保健室《ほけんしつ》にたどりつくと、先生にうながされて、わたしはベッドに横になった。

どうやら、昨夜の寝不足《ねぶそく》がけっこうきいているようだ。

「なにがあったの？」

はるかは心配半分、好奇心《こうきしん》半分といった様子できいてきた。

「あのね……」

わたしは、いまの自分の体験を話した。

はるかは真剣《しんけん》な顔でうなずきながらきいていたけど、わたしが話し終わると、

「きっと、小説の世界に入りこみすぎちゃって、見えたような気がしただけだよ」

そういって、わたしを安心させるように、ぽんぽんと布団《ふとん》を上からたたいた。

「昨夜、あんまりねてないんでしょ？　先生にはいっとくから、ちょっとねたほうがいいよ」

「うん、ありがと」

わたしは目を閉《と》じると、はるかが部屋をでていく気配を感じながら、眠《ねむ》りにすいこまれていった。


どれだけねたのだろうか。

ふと目をさましたわたしは、カーテンをあけて、ドキッとした。

そこに座《すわ》っていたのは、白衣を着た保健《ほけん》の先生ではなく、山岸《やまぎし》先生だったのだ。

先生は、わたしが起きたことに気づくと、わずかに眉《まゆ》をあげた。

「目がさめたかい？」

「あ、はい……」

わたしは体を起こして、時計に目をやった。

ちょうど、三時間目の授業《じゅぎょう》中だ。

「あの……どうして、先生が……」

「ちょっと、たのまれてね」

保健《ほけん》の先生が、けがをした生徒につきそって病院に向かったので、そのあいだのるす番をたのまれたのだと先生はいった。

「うちのクラスは、ちょうどとなりのクラスと体育の合同授業だったからね。それより、どうしたんだい？　まるで、幽霊《ゆうれい》でも見たような顔色をしてるけど」

「え……」

わたしが絶句《ぜっく》していると、先生はにやりと笑って、

「どうかした？　もしかして、本当になにか見たのかな？」

といった。

「あの、じつは……」

わたしは、教室で七不思議をテーマにした小説を書いていたら、その中にでてくるのと同じ幽霊が、窓《まど》の外を落ちていったのだと話した。

わたしが話し終わると、先生は、

「その小説の七不思議は、いくつぐらい集まったんだい？」

ときいてきた。

「えっと……まだひとつだけなんですけど……」

わたしが答えると、

「それじゃあ、よかったら、ぼくの知ってるこの学校の怪談《かいだん》を話してあげようか？」

先生はそういって、わたしの返事をまたずに話しはじめた。

ベッドの下の男

朝から雪のちらつく、冬の寒い日のことだった。

授業《じゅぎょう》中に気分が悪くなってひとりで保健室《ほけんしつ》にいったぼくは、保健の先生がいなかったので、勝手にベッドで横になった。

少しうとうとしてから目をさますと、となりのベッドで、見知らぬ男の人がねているのに気がついた。

先生ではなさそうだし、だれだろう、と思っていると、

「目がさめたかい？」

男の人は、ぼくのほうを向いて笑った。

「あ、はい」

「そうか。ぼくは水道の点検《てんけん》にきたんだけどね、ちょっと気分が悪くなって、ベッドをつかわせてもらってるんだ」

男の人はてれたような口調でいうと、

「そうだ。退屈《たいくつ》しのぎに、この保健室につたわる怖《こわ》い話を教えてあげようか？」

男の人は、とつぜんそんなことをいいだした。

そして、ぼくの答えをまたずに、一方的に話しはじめた。

いまから何年か前のこと。

当時、保健室《ほけんしつ》にいたのは、まだ若《わか》い女の先生だった。

ある日、授業《じゅぎょう》中に気分が悪くなった生徒が保健室のベッドでねていると、先生がとつぜん、

「トイレにいきたくない?」

ときいてきた。

とくにいきたくなかった生徒が、

「いや、別に……」

と答えると、先生は次に、

「じゃあ、のどがかわかない?」

ときいてきた。

だけど、生徒はのどもかわいてなかったので、やっぱり、

「だいじょうぶです」

と答えた。

「そう……」

先生は、しばらく考えこんでいたけど、やがて、

「それじゃあ、ちょっとまっててね。先生、お茶を飲んでくるから」

そういうと、にげるように保健室《ほけんしつ》をでていった。

お茶ならこの部屋にもあるのに、おかしいな、と生徒が思っていると、すぐ近くでガタガタと音がして――

男の先生を何人かつれて、先生が保健室にもどってきたときには、生徒は殺され、血の跡《あと》があけはなされた窓《まど》までつづいていた。

じつは、保健の先生は、生徒がねていたベッドの下に、鎌《かま》をもった男がひそんでいることに気づいていたのだ。

もし自分が気づいたことが男にばれたら、ふたりとも殺されてしまう――そう思った先生は、なんとか理由をつけて、生徒を保健室からつれだそうとした。

だけど、なかなかうまくいかないので、助けを呼《よ》んで急いでもどってきたけど、そのねらいに気づいた男は、生徒を殺してにげていったのだった。

「――その後、先生は責任《せきにん》を感じて、この部屋で命をたったそうだよ」

男の人は、たんたんとした口調で話をしめくくった。

「その男は、どうなったんですか？」

ぼくはきいた。

「結局、つかまらなかったらしい」

男の人は答えた。

話をきいているうちに、自分のねているこのベッドの下に、だれかがひそんでいるような気がしてきて、ぼくはなんだかおちつかなくなってきた。

ぼくの考えていることがわかったのだろう、男の人はほほえんで、

「気になるなら、のぞいてみたらどうだい？」

といった。

ぼくはちょっとまよってから、ベッドの縁《ふち》に手をかけて、頭をさかさまにして下をのぞきこんだ。するど、だれかと目があって、

「わっ！」

と悲鳴をあげながら、ぼくはベッドからころげおちた。

床《ゆか》にころがった状態《じょうたい》でベッドの下を見て、ぼくはもう一度悲鳴をあげた。

ベッドの下でこちらをじっと見ているのは、血まみれになった保健《ほけん》の先生だったのだ。

ぼくは体を起こして、男の人にきいた。

「あなたはだれですか？」

「おれかい？　おれが、その鎌男《かまおとこ》だよ」

男は起き上がると、シーツにかくしていた鎌をふりあげた。

そして、腰《こし》がぬけてうごけないぼくに、おそいかかろうとしたそのとき、男が急に苦しげに顔をゆがめた。

よく見ると、男のうしろに白衣を着た女の人と、ぼくと同い年ぐらいの男の子がしがみついている。

ふたりはベッドのシーツを男の首にまくと、そのまま両方からしめあげた。

了

「悲鳴をきいた先生がかけつけたときには、男は首をしめられて、すでにことされていたそうだよ」

山岸《やまぎし》先生の話が終わると、わたしはなんだかおちつかなくなった。

自分がねているベッドの下にだれかいるんじゃないかと、不安になってきたのだ。

そんなわたしの様子に、考えていることがわかったのだろう、

「気になるなら、のぞいてみたら？」

先生はそういって、ベッドの下に視線《しせん》を向けた。

一瞬《いっしゅん》まよってから、わたしが思い切ってのぞきこむと――

ベッドの下には、だれもいなかった。

わたしがホッと息をついていると、

「元気になったみたいだね。もうひとりでもだいじょうぶかな？」

先生が立ち上がりながらいった。

「それじゃあ、ぼくは自分のクラスにもどるから」

「あ、はい。ありがとうございました」

「ああ、それから……」

部屋をでる直前、先生は足をとめてふりかえった。

「窓《まど》には気をつけたほうがいいよ」

「え？」

「この部屋は、六年二組の真下だからね」

先生はそういうと、うす笑いをうかべながら、ドアの向こうへと姿《すがた》を消した。

視界《しかい》のはしで、窓の外を、なにか大きなものが上から下へ通りすぎたような気がした。


先生のあとを追うようにして、保健室《ほけんしつ》をでたわたしが教室にもどると、ちょうど三時間目の休み時間に入ったところだった。

はるかと小枝《さえ》ちゃんが心配そうに「だいじょうぶ？」と声をかけてくれる。

「うん、ありがと。たぶん、寝不足《ねぶそく》のせいだと思う」

わたしはふたりに、保健室で山岸《やまぎし》先生とあって、学校にまつわる怪談《かいだん》を教えてもらったことを話した。

「これでふたつ目だね」

はるかがはしゃいだ声でいう。

だけど、わたしはちょっとふくざつだった。

なんだか、怪談《かいだん》を集めるようになってから、怖《こわ》い体験をすることが多くなってるような気がする。

それとも、ただのぐうぜんなのだろうか……。

わたしが考えこんでいると、

「まだ怖い話を集めてるの？」

近くを通りかかった清人《きよと》くんが足をとめた。

「うん。清人くん、ほかにもなにか知ってる？」

「知ってるけど……話してもいいの？」

清人くんが、わたしの体調を気づかうように首をかしげたので、わたしは元気よくうなずいた。

「うん。ちょっとねたら、すっきりしたみたい。それで、どんな話？」

「これは、となりのクラスの友だちからきいた話なんだけど……」

そう前置きをして、清人くんは話しだした。

ついてくる

学校からの帰り道。

六年生のTさん《ティー》は、道の両側を塀《へい》ではさまれた、長いゆるやかなのぼり坂を、ひとりで歩いていた。

空には星がチラホラと見えはじめている。

委員会の活動で、帰りがおそくなってしまったのだ。

Tさんが北風に首をすくめながら、足を速めていると、チカチカと点滅《てんめつ》する街灯の下で、赤いランドセルを背《せ》おった小さな女の子がうずくまっているのが見えた。
二、三年生くらいだろうか。
Tさんが足をとめて、

「どうしたの?」

と声をかけると、

「帰れないの」

女の子は顔を手でおおったまま、泣き声で答えた。

「おうちはどこ？　いっしょに帰ってあげようか？」

T《ティー》さんがさらに話しかけると、

「ほんと？」

女の子は泣きやんで、パッと顔を上げた。

その顔を見て、Tさんは、

「きゃあっ！」

と悲鳴をあげた。

女の子の顔は、まるで白粉《おしろい》をぬったみたいにまっ白で、目があるはずのところには、
ぽっかりと黒い穴《あな》があいていたのだ。

「いっしょに帰ってくれる？」

かわいらしい声で、手をつなごうとする女の子に、

「いやっ！」

T《ティー》さんはその手をふりはらうと、にげるようにしてその場を立ち去った。

（そういえば……）

あの坂には、昔、事故《じこ》にあって亡《な》くなった女の子が、幽霊《ゆうれい》になってあらわれるといううわさがあったはずだ——速足で歩きながら、Tさんがそんなことを思いだしていると、

タッ、タッ、タッ、タッ、タッ、タッ

Tさんが歩くよりも少し速いテンポで、うしろから足音がきこえてきた。

ちょうど、小さな子どもが、一生懸命《いっしょうけんめい》ついてきているような……。

Tさんは背《せ》すじがゾワゾワとするのを感じながら、ふりかえることもできずに歩きつづけていた。だけど、家まであと少しというところでがまんできなくなって、足をとめて前

を向いたままで、

「ついてこないで！」

とさけんだ。

すると、うしろの足音がピタッと止まった。

しばらくたってから、おそるおそるふりかえると、暗い道に小さなつむじ風が落ち葉をまいあげているだけで、女の子の姿《すがた》はどこにもなかった。

小さな女の子とはいえ、幽霊《ゆうれい》を家につれて帰るわけにはいかない。

T《ティー》さんはホッと胸《むね》をなでおろすと、北風に背中《せなか》をまるめながら家に帰った。

「ただいまー」

「お帰りなさい。ちょうどよかったわ。いま、お醤油《しょうゆ》を買いにいこうと……」

エプロンで手をふきながら、玄関《げんかん》に姿《すがた》をあらわした母親は、Tさんの姿を見て、「あら」と声をあげた。

「背中におぶってる女の子はだれ？」

「しかも、その女の子を家までつれて帰っちゃうと、その日の夜、女の子のお母さんの幽《ゆう》霊《れい》がやってきて、女の子と、その家の子どもをいっしょにつれていっちゃうんだって」

清人《きよと》くんが話をしめくくると、

「たしかに怖《こわ》いけど……それ、学校の七不思議かな？」

首をかしげながら、はるかがいった。

「通学路だから、いいんじゃない？」

小枝《さえ》ちゃんが横からフォローする。

そして、わたしのほうを向くと、

「ねえ。学校の怪談《かいだん》って、どういう話が多いの？」

ときいてきた。

「そうだなあ……やっぱり、トイレの花子《はなこ》さんが一番多いかなあ……」

わたしはいままで読んできた怪談《かいだん》を思い返した。

「あとは、理科室の人体模型《もけい》がうごきだすとか、美術室《びじゅつしつ》のモナリザが絵からぬけだしておそってくるとか、だれもいない音楽室からピアノの音がきこえてくるとか……」

ほかにも、学校中に怪談はある。

夜になると、段数《だんすう》が変わる階段《かいだん》。

自分が死んだことをわすれて、毎晩巡回《まいばんじゅんかい》している警備員《けいびいん》さん。

校長先生の命日になると、お経《きょう》が流れだすスピーカー。

午前四時四十四分にのぞくと自分の死ぬときの顔が見える大鏡。

次々《つぎつぎ》と怪談を口にするわたしに、三人はあきれたような顔を見せた。

「学校で調べるよりも、まみがオリジナルの七不思議を考えたほうが早いんじゃない？」

はるかがいった。

「たしかに。それだけ知ってたら、七つぐらいすぐにできるでしょ」

小枝《さえ》ちゃんも同意する。

「えー」

わたしは顔をしかめた。

「でも、どうやって考えるの？」

「知ってる話同士を組みあわせたら、新しい話ができるってきいたことあるけど……」

清人《きよと》くんがいった。

たしかに、この間教室で読んでた怪談《かいだん》も、トイレの花子《はなこ》さんと、プールの怪談と、「おまえだ」っておどかす怪談をミックスさせたみたいな話だった。

「オリジナルか……」

ちょっと考えてみようかな、とわたしは思った。


結局、オリジナルの怪談を思いつかないまま、清人くんからきいた話をノートに書きとめたところで一日の授業《じゅぎょう》が終わったので、わたしは小枝《さえ》ちゃんといっしょに校門をでた。

「どう？　新しい怪談は、なにか思いついた？」

「全然」

小枝《さえ》ちゃんの問いかけに、わたしは笑って首をふった。

「でも、ありがと」

「なにが？」

目をまるくする小枝ちゃんに、わたしは、

「一度、小説を書いてみたいと思ってたの」

といった。

本を読むたびに不思議だったのだ。

どうやったら、こんな話が書けるんだろう。

どうやったら、こんな台詞《せりふ》を思いつくんだろう。

だけど、自分に小説なんか書けるわけがないと思ってた。

それが、小枝ちゃんのおかげで、チャレンジするきっかけができたのだ。

「よかった」

小枝ちゃんはにっこりほほえんだ。

「でも、ここから先、どう書いていけばいいんだろ……」

わたしは表情《ひょうじょう》をくもらせて、頭をかいた。

七不思議が集まったらなにが起こるのか、集まらなかったらどうなってしまうのか、なにも考えていなかったのだ。

わたしがそういうと、

「まだそこまで考えなくてもいいんじゃない？」

小枝《さえ》ちゃんは笑っていった。

「大事なのは、とにかく最後まで書ききることだと思うよ。小説を書きはじめる人は多いけど、最後まで書き終わる人はすごく少ないってきいたことあるし。主人公の気もちになって、七不思議を集めていけば、きっとなにか見つかるよ」

まるで小説を書いたことがある人のような説得力のある言葉に、

「小枝ちゃんは書かないの？」

わたしがきいてみると、

「うん。わたしは読むほうが好きだから」

小枝《さえ》ちゃんはきっぱりと答えた。

「まみちゃんは、将来《しょうらい》は小説家とかめざしてるの？」

「まさか」

わたしは手と首を大きくふった。

「そんなの、なれるわけないじゃん」

「そうかなあ」

小枝ちゃんは灰色《はいいろ》の雲におおわれた空を見上げた。

「だって、小説家の人も、うまれたときから小説家になるってきまってたわけじゃないでしょ？　だったら、小説家になる人とならない人のちがいは、めざすかめざさないかじゃないかな」

わたしは小枝ちゃんの言葉を胸《むね》の中でくりかえしてから、笑ってうなずいた。

「そうかもね」

たしかに、めざしたからといってかならず小説家になれるとはかぎらない。

だけど、めざさなかったらなれないのはまちがいない。

だったら、やってみよう――わたしはそう思った。


三叉路《さんさろ》で小枝《さえ》ちゃんと別れて、ひとりで歩きだすと、冷たい北風がヒューと音をたててすぐそばを通りすぎていく。

もう冬が近づいてきているのだ。

冬が終わって春になれば、わたしも中学生になる。

地元の中学校には文芸部とかあるのかな……

今度、はるかのお姉ちゃんにきいてみよう、などと考えながら、ゆるやかなのぼり坂を歩いていると、郵便《ゆうびん》ポストのそばに赤いランドセルを背《せ》おった小さな女の子がうずくまっているのが見えた。

おなかでもいたいのかな、と思って、わたしは足をとめると、

「どうしたの？」

と声をかけた。

すると、女の子は顔を手でおおったまま、かぼそい声で、

「帰れないの」

と答えた。

わたしは背《せ》すじがヒヤッとするのを感じた。

これではまるで、さっき清人《きよと》くんが話してくれた怪談《かいだん》と、同じ展開《てんかい》だ。

わたしはすぐににげだせるよう、少し距離《きょり》をとりながら、

「おうちは遠いの？」

ときいた。

女の子はしばらくじっとだまりこむと、向こうを向いたままスッと立ち上がって、

「いっしょに帰って」

そういいながら、こっちをふり向いた。

その顔を見て、わたしは声にならない悲鳴をあげた。

女の子の顔は、まるで白粉《おしろい》をぬったみたいにまっ白で、目のところにはぽっかりと黒い穴《あな》があいていたのだ。

「ねえ、いっしょに帰って……」

手をのばしてくる女の子に、わたしは背中《せなか》を向けて走りだした。

うしろから足音が追いかけてくる。

タッ、タッ、タッ、タッ、タッ、タッ

スピードをあげてしばらく走ったところで、わたしはおかしいと感じた。

この坂は、こんなに長くないはずだ。

それに、わたしが走るのと同じテンポで、うしろからずっと足音がきこえてくる。

わたしは速度をゆるめると、足音が近

づいてきて、追いつかれそうになる直前に立ち止まってパッとふりかえった。

だけど、あの女の子の姿《すがた》はどこにもなく、いつのまにか坂も終わっていた。

気のせいだったのかな――。

呼吸《こきゅう》をととのえながら、しばらく通いなれた道を歩いたわたしは、一軒《けん》のアンティークショップの前で足をとめた。

ショーウインドーの中には、ごうかな装飾《そうしょく》の三面鏡がかざられていて、わたしの全身がうつっている。

その背中《せなか》に、さっきの女の子がしがみついているのを目にしたわたしは、

「きゃあっ！」

と悲鳴をあげながら、体をよじるようにして女の子をふり落とした。

そして、そのままあとも見ずにその場を走り去った。

むりやりふり落としたのは、ちょっとかわいそうな気もしたけど、いくらなんでも、見知らぬ女の子の幽霊《ゆうれい》をおんぶして家に帰るわけにはいかない。

ときおり背中をふりかえりながら、ようやく家の前までたどりつくと、ちょうど道の向

こうから、お母さんがスーパーの袋《ふくろ》を手に帰ってきたところだった。

「あら、おかえり」

といって、きょろきょろしているお母さんに、

「どうしたの？」

とたずねると、お母さんはわたしのうしろをのぞきこみながら、こういった。

「いま、赤いランドセルを背《せ》おった小さな女の子が、あなたのすぐとなりにいたと思ったんだけど……気のせいかしら」


自分の部屋でひといきつくと、わたしはノートを読みかえした。

自分が書いた『ついてくる』という怪談《かいだん》は、

「背中《せなか》におぶってる子はだれ？」

という台詞《せりふ》で終わっている。

だから、お店の前で鏡を見かけたときに、なんとなく気になって、足をとめたんだけど……。

なんだか、ノートに怪談《かいだん》を書くようになってから、おかしなことがつづいている気がする。

だけど、途中《とちゅう》でやめたくはないし……。

実際《じっさい》にうわさされている怪談ではなく、オリジナルの怪談を考えたほうがいいのかな……。

わたしは参考にしようと、本だなから怪談の本を手にとって、パラパラとめくった。

すると、こんな話が目にとまった。

テケテケばあさん

うちの学校には、テケテケばあさんといううわさがあります。

テケテケばあさんは、夕方の四時四十四分ちょうどに校門を通過《つうか》すると、その子のあとを家までついていきて、最後には足をとるといわれています。

だけど、わたしはそんなうわさ、しんじていませんでした。

そう、あのときまでは——


あれは、わたしが五年生の秋のことでした。

友だちとおしゃべりをしながら帰ろうとすると、友だちがとつぜん校門の手前で足をとめたのです。

「どうしたの？」

とわたしがきくと、

「だって、いま四時四十四分だよ」

友だちはそういって、校舎《こうしゃ》の時計を指さしました。

たしかに、時計は四時四十四分をさしています。

「それがどうしたのよ」

テケテケばあさんのうわさを子どもっぽいと思っていたわたしは、くだらないうわさへの反発もあって、わざと大またで、校門を通りぬけました。

友だちは、あっ、という顔をしたけど、ついてくる様子がないので、わたしは友だちを置いて、ひとりでそのまま歩きつづけました。

わたしの家は、学校から歩いて十分くらいです。

学校をでて、二、三分たったあたりでしょうか。うしろから、

コツ、コツ、コツ、コツ

という音がきこえてきました。

ちょうど、傘《かさ》の先で道路をついているような音です。

なんだろう、と思ってふりかえったわたしは、目を見開きました。

そこには胸《むね》から上だけのおばあさんの幽霊《ゆうれい》が、両肘《りょうひじ》をまるで脚《あし》のように交互《こうご》にうごかして歩いていたのです。

わたしと目があうと、おばあさんはニターッと笑って、それから急に速度をあげてわたしにせまってきました。

コッコッコッコッコッコッ

「きゃ―――っ！」

わたしは悲鳴をあげながら、走りだしました。

だけど、肘《ひじ》で地面をたたく音は、同じペースで追いかけてきます。

だんだん息が苦しくなってきたわたしは、ふと、音が消えていることに気づきました。

足をとめてふりかえると、あのおばあさんの姿《すがた》はどこにもありません。

「よかった……」

わたしが道のまん中に座《すわ》りこんで、大きく息をはきだしていると、

「なにやってるんだ！」

とつぜん強い力で腕《うで》を引っぱられて、わたしは道の上をころがりました。

その直後、目の前を特急電車が、轟音《ごうおん》をたてながら通過《つうか》していきました。

「あんなところで座りこんだら、あぶないだろ！」

見知らぬおじさんが、わたしの腕をつかんだままどなっています。

わたしはゾッとしました。

わたしが道だと思って座りこんでいたのは、ふみきりの中だったのです。

ぐうぜんおじさんが見つけて助けてくれましたが、もしあのままだったら、きっと電車にひかれていたでしょう。

後日、先生にきいた話では、昔、あのふみきりで電車にひかれて、亡《な》くなったおばあさんがいるそうです。

それは、おばあさんの体がバラバラになるほどのはげしい事故《じこ》で、事故があったのはちょうど夕方の四時四十四分でした。

そして、おばあさんの胸《むね》から上は、いまだに見つかっていないということです。

了

読み終わって、ゾッとしながらも、わたしはあることを思いついた。

よくある学校の怪談《かいだん》に、

『放課後、だれもいないはずの音楽室から、ピアノの音がきこえる』

という怪談《かいだん》がある。

わたしは、ふたつの話を組みあわせてみることにした。


『音楽室のテケテケ』


「ねえ、ほんとにいくの？」

はるかの言葉に、わたしはちょっとふるえながらうなずいた。

「うん。だって、七不思議を集めなきゃ」

夕陽のさしこむ放課後の北校舎《こうしゃ》を、わたしたちはふたりで歩いていた。

北校舎は特別教室が集まっているので、クラブ活動がない日は、シンと静まりかえっている。

わたしたちが向かっているのは、四階の音楽室だった。

放課後、だれもいないはずの音楽室から、ピアノの音がきこえるらしいと、同じクラスの子からきいたので、それをたしかめにきたのだ。

音楽室の前で、わたしたちは足をとめて耳をすませた。

すると、ドアの向こうからかすかにピアノの音がきこえてきた。

わたしたちは顔を見あわせると、わすれ物をしたといって借りてきた鍵《かぎ》で、ドアをあけた。

音楽室は、入ってすぐに教壇《きょうだん》があって、その教壇の反対側にピアノがおいてある。

音はそのピアノからきこえてきてるんだけど、ひいている人の姿《すがた》はピアノにかくれて見えなかった。

わたしたちが、そっと近づいてのぞきこむと、髪《かみ》の長い女の子が、なんだか悲しい曲をひいているのが見えた。

一瞬《いっしゅん》、幽霊《ゆうれい》かなと思ってドキッとしたけど、幽霊にしては、体がすけているような様子はない。

だけど、さっきわたしがあけるまで、音楽室には鍵がかかっていたはずなのに、どうやって中に入ったんだろう、と思っていると、とつぜんピアノの音がとまって、

「……だい」

女の子のほうから、かすれた声がきこえてきた。

「え？」

わたしはききかえしながら、ピアノをまわりこんで彼女《かのじょ》のほうに近づいた。

すると、今度ははっきりと、「ちょうだい」という声がきこえてきた。

「なにを？」

わたしがききかえすと、女の子はにっこり笑って、

「あなたの体」

といった。

そのときになって、すぐそばまで近づいていたわたしたちは、女の子の姿《すがた》を見て悲鳴をあげた。

女の子には体がなかった。首と腕《うで》だけで、いすの上にふわふわとういていたのだ。

「ねえ、あなたの体をちょうだい」

女の子は両手をこちらにのばして、宙《ちゅう》にういたまま、スーッと近づいてきた。

「きゃ――っ！」

わたしたちは、もつれあうようにしてドアのほうにもどると、音楽室からとびだして、鍵《かぎ》を閉《し》めた。

そのままろう下でだきあってふるえていると、しばらくして、音楽室の中からまた、ピアノの物悲しい音色がきこえてきた。

鍵をかえしにいったときに先生にきくと、何年か前、ピアノの発表会をひかえておそくまで練習していた六年生の女の子が帰り道の途中《とちゅう》、ふみきりで電車にはねられるという事《じ》故《こ》があったらしい。

女の子の体はバラバラになって、首と腕《うで》だけはいくらさがしても見つからなかったということだ。

了

「――うん、おもしろい」

小枝《さえ》ちゃんはそういって、力強くうなずいた。

「まみちゃん、書くのがだんだん上手《じょうず》になってきてるんじゃない？」

「え？　そうかなあ……」

首をかしげながらも、わたしは自分のほおがゆるんでいくのを感じた。

翌朝《よくあさ》、教室で小枝《さえ》ちゃんを見つけたわたしは、さっそく昨日書いた音楽室の怪談《かいだん》を読んでもらったのだ。

怪談なんだから、本当は「怖《こわ》かった」とか「ゾッとした」っていってもらうほうがいいのかもしれないけど、読んでるときも、「怖い怪談」より「おもしろい」と思える怪談のほうが好きなわたしにとっては、「おもしろい」のほうがうれしかった。

「わたしにも読ませて」

横で順番をまっていたはるかが、ノートに手をのばす。

「はい、どうぞ」

小枝ちゃんは、はるかにノートをわたすと、わたしのほうに向き直って、

「でも、これだったらタイトルは『音楽室のテケテケ』はおかしくない？」

といった。

「どうして？」

「だって、テケテケって、走るときに『テケテケ』って音がするから、テケテケっていうんでしょ？」

「あ、そうか」

でも、家で読んだ怪談《かいだん》も、音はコツコツだったけど、タイトルはテケテケばあさんだったし、テケテケって上半身だけの幽霊全般《ゆうれいぜんぱん》をさすのかも……。

小説を書くとなると、そういうことまでちゃんと考えないといけないんだな、とわたしはまたひとつ勉強になったような気がした。

「だったら『音楽室のピアノ』はどう？」

「『体をちょうだい』とかでも怖《こわ》いかも」

わたしたちが、そんな話をしていると、

「これ、怖いね」

読み終わったはるかが、ちょっとひきつったような表情《ひょうじょう》で、わたしにノートをかえしてきた。

「なんか、本当にでてきそう」

「まさか」

わたしは笑った。

「でてくるわけないよ。わたしの作り話なんだから」

「これで、いくつそろったの？」

小枝《さえ》ちゃんにきかれて、わたしはノートをはじめからめくった。

「こっくりさんに『七つそろえろ』っていわれたんだから、このこっくりさんの話は数に入れないんだよね。そうなると、窓《まど》から引っぱる腕《うで》と、ベッドの下の男、ついてくる女の子……これで四つ目かな」

「あと三つか……もうひとつぐらい、考えてみたら？」

小枝ちゃんがいった。

「考えるって？」

「オリジナルの怪談《かいだん》。ほかにも読んでみたいし」

「あ、わたしも」

はるかが身をのりだす。

熱心なふたりの読者に見つめられて、わたしはなんだかくすぐったい思いをしながらうなずいた。


「おい、井上《いのうえ》。どうしたんだ？」

授業《じゅぎょう》中、先生にとつぜん名前を呼《よ》ばれて、わたしはハッと顔を上げた。

「え？　なんですか？」

「なんですかじゃないだろ。眉間《みけん》にしわをよせて、うんうんうなってるから、おなかでも痛《いた》いのかと思ったぞ」

教室から、くすくす笑いがおきる。

わたしは顔が熱くなるのを感じながら、

「だいじょうぶです。なんともありません」

と答えた。

怪談《かいだん》を考えているうちに、いつのまにか顔がけわしくなっていたみたいだ。

昼休みになって、はるかと小枝《さえ》ちゃんに「調子はどう？」ときかれたけど、わたしは両手をあげて、お手あげのポーズをした。

「だめ。全然思いつかない」

ちょっといいなというアイデアを思いついても、結局はどこかできいたような話になってしまうのだ。

知ってる話を組みあわせるのはよくても、完全に知ってる話になってしまうのはまずい。

「そっか……」

小枝ちゃんは、なにか考えるように宙《ちゅう》を見つめていたけど、やがて、

「まみちゃん、図工準備室《じゅんびしつ》の絵につたわるうわさ話って、きいたことある？」

そんなことをいいだした。

わたしとはるかは顔を見あわせて首をふる。

小枝ちゃんはいたずらっぽくほほえむと、

「わたし、美術《びじゅつ》クラブで週に一回図工室にいくんだけど、そのときに先生から教えても

らった話があるの」

そういって、こんな話をはじめた。

図工室の奥《おく》には図工準備室《じゅんびしつ》という小さな部屋があって、そこにはいろんな画材や彫刻刀《ちょうこくとう》、ねん土なんかの備品《びひん》が置いてある。

そして、その部屋には四枚《まい》の絵がかざってあった。

一枚目《まいめ》は、女の人がテーブルをはさんで、お茶をしながらおしゃべりを楽しんでいる絵。

二枚目は、日本人形を正面から描《えが》いた絵。

三枚目は、いすに座《すわ》った男の人の肖像画《しょうぞうが》。

そして四枚目は、花嫁衣裳《はなよめいしょう》を着た女の人を、ななめうしろから描いた絵で、どの絵にも、怪談《かいだん》めいたうわさがあるというのだ。

「たとえば、男の人の肖像画なんだけどね……」

小枝《さえ》ちゃんは声をひそめて話しだした。

肖像画《しょうぞうが》

裕福《ゆうふく》な家にうまれ、なに不自由なくくらしてきた男がいた。

男はある日、屋敷《やしき》に画家を呼《よ》んで、自分の肖像画を描《か》くよう依頼《いらい》した。

画家はその依頼をうけて、毎日屋敷に通っては、いすに座《すわ》る男の絵を描きつづけた。

そして、一週間後。

「完成しました」

画家ができあがった肖像画を男に見せると、男は満足げにうなずいたあと、いきなり画家をナイフでさし殺した。

じつは、男は殺人鬼《さつじんき》で、いままでに何人もの人を殺していた。

画家を呼んだのも、半分は殺すためだったのだ。

男は画家の死体をまえにして、あらためて肖像画をながめた。

肖像画は、すばらしいできだった。

ふかい黒色を背景《はいけい》に、男がほほえみをうかべてきらびやかないすに座《すわ》っている。

男が肖像画《しょうぞうが》を見つめていると、その背景に、いくつもの白いかげがうかびあがった。

かげはやがて、青白い人の顔になり、男はおどろきと恐怖《きょうふ》でこおりついた。

それは、いままで男が殺してきた人たちの顔だったのだ。

男が金しばりにあったようにうごけないでいると、今度は絵から白い腕《うで》が何本ものびてきて、男の体をつかむと、あっというまに絵の中に引きずりこんだ。

翌朝《よくあさ》、部屋に入った使用人は、画家の死体を発見して、警察《けいさつ》に連絡《れんらく》した。

「これはすばらしい絵だ」

かけつけた警察官《けいさつかん》のひとりが、絵を前にして感嘆《かんたん》の声をあげた。

そして、男の顔をじっと見つめて、つけくわえた。

「だけど、どうしてこの男は、こんなにおびえたような顔をしているんだろう」

屋敷《やしき》の主人である男の姿《すがた》がなかったことから、大がかりな捜索《そうさく》がおこなわれたが、結局、男の行方《ゆくえ》はわからなかった。

了

「――うわさでは、毎晩《まいばん》夜になると、殺された人たちの霊《れい》が背景《はいけい》にうかびあがって、まん中に座《すわ》っている男をせめたてているんだって」

小枝《さえ》ちゃんの話に、わたしは寒気がして、ブルッとふるえた。

はるかもとなりで青い顔をしている。

ちなみに小枝ちゃんによると、のこりの絵にもうわさがあって、テーブルで向かい合っている女の人の絵は、夜中になると本当にしゃべってる声がきこえてくるらしいし、人形の絵は、見るたびに髪《かみ》がのびているといわれている。そして、花嫁《はなよめ》さんを描《えが》いた絵は、

「結婚《けっこん》直前に、婚約者《こんやくしゃ》を事故《じこ》で亡《な》くした花嫁さんを描いた絵で、夜になるとすすり泣く声

がきこえるらしいの。それから、その花嫁《はなよめ》さんは、ふだんは向こうを向いてて顔が見えないんだけど、月明かりがあたると、こっちをふりかえって、その顔を見た人は呪《のろ》われちゃうんだって」

「どうしてそんな絵が何枚《まい》も学校にあるのよ」

はるかが悲鳴のようにいった。

「昔学校にいた図工の先生の趣味《しゅみ》らしいんだけど、その先生、ある日とつぜん絵をのこして、行方不明《ゆくえふめい》になっちゃったんだって」

小枝《さえ》ちゃんは答えて、ふうと息をついた。

「図工準備室《じゅんびしつ》にそんな絵があるなんて、全然知らなかった」

わたしがちょっとびっくりしながらいうと、小枝ちゃんが苦笑いをうかべた。

「クラブ活動のときに先生に教えてもらったんだけど、こんな話がひろまったら、みんなが怖《こわ》がって図工室にきたがらなくなるから、あんまり話さないでねっていわれてたの。でも、まみちゃんがネタにこまってるみたいだったから……」

「だったら、それをもとにして、アレンジしちゃえばいいんじゃない?」

はるかがいった。

「それなら、もしだれかに見られても問題ないでしょ？」

「うーん……」

たしかに、一から全部考えるよりも、そのほうが書きやすいかもしれない。

「うん、やってみる」

ノートをにぎりしめて、わたしはうなずいた。

そして、午後の授業《じゅぎょう》をききながら、ノートにどんどん書き進めていった。

『怖《こわ》い絵』

「ねえ、やっぱりやめようよ」

和音《かずね》がわたしの服のすそを、つんつんと引っぱった。

「ここまできて、なにいってるのよ」

わたしは和音の手首をつかむと、引っぱるようにして、月明かりにてらされたろう下をさっさと歩きだした。

「ちょ、ちょっとまってよ」

和音《かずね》が泣きそうな声をあげる。

わたしたちは、夜の校舎《こうしゃ》にやってきていた。

わすれ物をしたといって入れてもらったけど、本当は、図工準備室《じゅんびしつ》にかざられている絵のうわさをたしかめにいくのが目的だった。

準備室には、先生が趣味《しゅみ》で集めた絵が何枚《まい》かかざられている。その中にうしろ向きの花《はな》嫁《よめ》さんの絵があって、満月の夜、月明かりのもとでその絵を見ると、花嫁さんがこちらをふりかえるというのだ。

さすがにひとりでいくのは怖《こわ》かったので和音をさそうと、

「だって、その花嫁さんの顔を見たら、呪《のろ》われるんでしょ？」

和音はそういってことわった。

「そんなこといっていいの？　もう宿題見せてあげないよ」

「えー、それはちょっと……」

そんなやりとりがあって、ついてきてもらうことになったのだ。

図工室の前に到着《とうちゃく》すると、先生に借りた鍵《かぎ》で、まずは図工室に入る。

そして、黒板の横にある小さなドアから、準備室《じゅんびしつ》に入ると、懐中《かいちゅう》電灯をつけて部屋の中をぐるりと見まわした。

ここは物置としてつかわれているらしく、せまい部屋いっぱいに、絵の具とかねん土がつみあげられている。そんな中、カーテンを閉《と》ざした窓際《まどぎわ》の奥《おく》の壁《かべ》に、四枚《まい》の油絵が二枚ずつ向かいあうようにしてかざられているのが目に入った。

花嫁衣裳《はなよめいしょう》を着た女の人の絵は、わたしの身長ぐらいある大作で、花嫁さんの全身をうしろから描《えが》いていた。

どうしてこんな構図《こうず》になったのか、まるで顔をそむけるようにして、足元に視線《しせん》を落としている。

シンとしずまりかえった部屋の中、どこからか、すすり泣くような声がきこえてきて、わたしはビクッとした。

「ねえ……」

和音《かずね》がふるえる声で、またわたしの服のすそをつかむ。

「いま、だれか泣いてなかった？」

「まさか」

わたしは笑いとばそうとしたけど、顔がひきつって、うまく笑えなかった。

この絵に描《か》かれた花嫁《はなよめ》さんは、結婚《けっこん》直前で婚約者《こんやくしゃ》が亡《な》くなって、結婚できなかったらしい。

そんな花嫁さんをわざわざ絵に描くなんて、画家さんも悪趣味《あくしゅみ》だな、と思いながら、わたしがカーテンに手をのばすと、

「え？　ちょっとまって」

和音があわててわたしの手をつかんだ。

「なにするつもり？」

「なにって……カーテンをあけるんだけど」

「月明かりをあびたら、花嫁さんがこっちを向いて呪《のろ》われるんでしょ？　やめとこうよ」

「なにいってるの。そのためにきたんじゃない」

わたしはサッとカーテンを開いた。

白い月明かりが部屋の中にさしこんで、花嫁《はなよめ》さんをてらしだす。

「……あけちゃったね」

うしろからきこえてくる声に、

「うるさいな。いいじゃない」

わたしはふりかえらずにいいかえした。

絵をあらためて見直すと、カーテンをあける前にくらべて、あごのあたりのりんかくが、はっきりと見えてきているような気がする。

「ほら、こっちを向いてきたでしょ」

うしろの声に、

「気のせいよ」

わたしは少し緊張《きんちょう》しながら答えた。

「怖《こわ》いから、そんな気がするだけ」

「そうかしら」

「そうよ」

「でも、顔をよく見て。あんなにあごの線が見えてたかしら？」

「それに、ほっぺたも」

「ほら、もう少しで目が見えそう」

「うるさいっていってるでしょ」

わたしが絵を見つめたまま、うしろに腕《うで》をふりまわすと、

「ねえ、さっきからだれとしゃべってるの？」

思いがけない方向から、和音《かずね》の声がした。

「え？」

わたしが声がしたほうを向くと、和音はうしろではなく、真横に近いななめうしろで、身をちぢめるようにしてふるえていた。

それじゃあ、ずっとうしろから話しかけてきていたのは――

わたしがおそるおそるふりかえると、絵の中でお茶を飲んでいた女の人たちが、目の前に並《なら》んで立っていた。

「きゃ――――っ！」

和音《かずね》が悲鳴をあげながら、部屋をとびだしていく。

わたしもにげようとしたけど、その前に両側からがっしりと腕《うで》をつかまれた。

「はなして！」

「だめよ」

「せっかくここまで」

「きたんだから」

「ちゃんと」

「花嫁《はなよめ》を」

「見てくれないと」

手をふりほどこうともがくわたしに、両側から話しかけながら、女の人たちはわたしの顔をつかんで、絵のほうに向けた。

月の光をうけながら、花嫁さんがゆっくりとこちらをふりかえろうとする。

目を閉《と》じたいけど、なぜか閉じることができない。

息が止まりそうな緊張《きんちょう》の中、花嫁《はなよめ》さんの顔が完全にこっちを向いて、わたしの顔を真正面から見つめた。

ハッとするほどきれいな人だ。

花嫁さんは、そのきれいな眉《まゆ》をひそめると、わたしに向かって悲しそうに、呪《のろ》いのひとことを口にした。

「あなたは一生結婚《けっこん》できないわ」

「だめだ――……」

わたしは机《つくえ》につっぷした。

最後の最後に、花嫁さんが主人公にかける呪いの言葉が、これしか思いつかなかったのだ。

たしかに、本で読んだことのある怪談《かいだん》の中には、

「午前二時ちょうどに水をはった洗面器《せんめんき》をのぞくと、将来《しょうらい》の結婚《けっこん》相手がうつる。だけど、だれもうつらなかった人は、一生結婚できない」

みたいな話もあるけど、怪談《かいだん》というよりは占《うらな》いみたいなもので、あまり怖《こわ》いとは思えない。

のこりの二枚《まい》——日本人形と殺人鬼《さつじんき》の絵をつかって、もう一度考えてみよう……わたしはまた、頭の中で話をころがしはじめた。

放課後。

ぱっとしない天気のせいもあって、早くもうす暗くなりはじめている空を見上げながら、わたしが帰るしたくをしていると、

「ねえ、まみ」

はるかが声をかけてきた。

「ちょっと、音楽室までつきあってくれない？」

「どうしたの？」

「わすれ物をとりにいきたいんだけど……」

そこで言葉をとぎらせて、口をとがらせると、

「あんな話を読んだあとだから、ひとりでいくのが怖《こわ》いの。責任《せきにん》とってよね」

そういって、てれたように笑った。

今日は金曜日で、週明けにリコーダーのテストがあるんだけど、昨日の音楽の授業《じゅぎょう》のあと、リコーダーを音楽室にわすれてきたことを、いまになって思いだしたらしい。

わたしたちは職員室《しょくいんしつ》で鍵《かぎ》を借りて、ランドセルを背《せ》おったまま、音楽室へと向かった。

ドアの前でいちおう立ちどまって耳をすませるけど、ピアノの音はきこえてこない。

自分の書いた怪談《かいだん》を怖がってどうするんだろう……ちょっと苦笑いをうかべながら、鍵をあけたわたしは、一歩入ったところでドキッとして足をとめた。

外からはきこえなかったけど、中に入ると、ピアノを演奏《えんそう》する音がかすかにきこえてきたのだ。

ピアノにかくれて、演奏している人の姿《すがた》は見えなかったけど、ピアノの下からペダルを

ふむ足が見えるので、テケテケとか首と腕《うで》だけのお化けではなさそうだ。

わたしはホッとして、

「じゃましてごめんなさい。ちょっと、わすれ物をとりにきただけだから……」

声をかけながら、ふと疑問《ぎもん》に思った。

音楽室は、いまわたしがあけるまで、鍵《かぎ》がかかっていたのだ。

それなのに、どうして中に人がいるんだろう——そう思っていると、とつぜんピアノの音がとまって、立ち上がる気配がした。

ピアノをひいていた人が、コツコツと足音をたてながら、こちらに近づいてくる。

目の前にあらわれたその姿《すがた》に、わたしたちはこおりついた。

たぶん、わたしたちと同い年ぐらいだろう。ワンピース姿のその子には、首がなかったのだ。

わたしたちが金しばりにあったようにうごけないでいると、

「ねえ……」

どうやってしゃべっているのか、その首のない女の子の体から、声がきこえてきた。

女の子は、わたしたちに向かって両手をのばすと、きしむような声でいった。

「ねえ、あなたの首をちょうだい」

その言葉に、われにかえったわたしたちは、

「きゃ――っ！」

と悲鳴をあげて、音楽室をとびだした。

ドアを閉《し》めて、鍵《かぎ》をかけようとしたけど、足音があっというまにせまってきたので、そのまま ろう下を走りだす。

ドアがバタンと開いて、うしろから首のない女の子が追いかけてきた。

「あれって、なんなの？」

はるかがにげながら、悲鳴のような声でいったけど、わたしにもなにがなんだかわからなかった。

わたしがノートに書いたのは、頭と腕《うで》だけの幽霊《ゆうれい》だし、そもそも音楽室に幽霊があらわ

れるというのはわたしの創作《そうさく》なのだ。

わたしたちは階段《かいだん》をおりて、ろう下を走った。

まだそんなにおそい時間じゃないはずなのに、どういうわけか、校舎《こうしゃ》にはまったく人かげが見あたらなかった。

いつのまにか、窓《まど》の外も暗くなりはじめている。

首のない女の子はまがり角が苦手みたいで、わたしたちとの差は少しずつ開いていった。

このままいけばにげきれるかな、と思っていると、

「いたっ！」

何度目かの角をまがった瞬間《しゅんかん》、はるかが悲鳴をあげてうずくまった。

どうやら、足首をひねったようだ。

「はるかはここにかくれてて」

わたしははるかを、教室の前にあるくつ箱のかげに座《すわ》らせると、自分は目立つようにわざと足音を高くたてながら、ろう下を走った。

ねらい通り、女の子はまっすぐわたしに向かってくる。

わたしは角をまがったり、階段《かいだん》をのぼったりして、なんとかひきはなそうとしたけど、なかなか距離《きょり》がひろがらない。

それでも、角をまがったところで、鍵《かぎ》のかかってないドアを見つけて、わたしはすばやく図工室の中にとびこんだ。

そのまましばらく息をひそめていると、タッタッタッという足音が近づいてきて、とまることなく部屋の前を通りすぎていった。

ホッと胸《むね》をなでおろしていると、足音がまたろう下の向こうから引きかえしてくる。

わたしはとっさに、黒板のそばにあった小さなドアをあけて、中にとびこんだ。

どうやらここが、小枝《さえ》ちゃんが話していた図工準備室《じゅんびしつ》のようだ。

教室の半分くらいのせまい部屋の中に、石膏像《せっこうぞう》や水彩画《すいさいが》用のバケツがところせましと置いてある。

わたしはドアに背中《せなか》をつけて、しばらく耳をすませていたけど、気づかれた気配はなさそうだ。

わたしは今度こそ、大きく息をはきだして、窓《まど》のそばに歩みよると、カーテンをサッと開いた。

窓の外では、もう夜がはじまっていて、空には月がかがやいている。

いつのまにこんな時間になったんだろう、と思っていると、

「カーテンをあけたよ」

「カーテンをあけたね」

とつぜん、うしろから女の人の声がきこえてきた。

ビクッとしてふりかえると、そこにはドレスを着た女の人がふたり、テーブルとお茶の用意だけが描《えが》かれた絵の前に立っていた。

ハッとして前を向くと、月明かりにてらされた花嫁《はなよめ》さんの絵から、しくしくとすすり泣くような声がきこえてくる。

怖《こわ》い、と思って顔をそむけようとすると、

「あら、だめよ」

「ちゃんと花嫁を」

「見てくれなきゃ」

左右から声といっしょに手がのびてきて、わたしの顔を絵に向けさせた。

こちらに背中《せなか》を向けていた花嫁《はなよめ》さんが、じょじょにふりかえって……その顔を見た瞬間《しゅんかん》、わたしは背《せ》すじがこおりつくのを感じた。

つのかくしの下の顔に、目と鼻はなく、大きく開いた口の歯はまっ黒にそまっていたのだ。

わたしが声もだせずにかたまっていると、花嫁さんの顔が、まるで3D《スリーディー》映画《えいが》のように絵からぐぐっとうきあがってきて、きしむような声でいった。

「顔をおくれ……」

まっ黒な口が近づいてくるけど、うしろから頭をおさえられているので、にげることもできない。

思わず目をギュッと閉《と》じたとき、パッと部屋が明るくなるのを感じた。

目をあけると、蛍光灯《けいこうとう》がついていて、窓《まど》のカーテンがサッと閉《し》められた。

あたりを見まわすと、小枝《さえ》ちゃんの話にあった四枚《まい》の絵が、なにごともなかったように壁《かべ》にかけられていた。

「先生……」

カーテンのそばに立っている山岸《やまぎし》先生の姿《すがた》に、わたしはホッとして、泣きそうになりながらその場に座《すわ》りこんだ。

「だれかが泣いている声がきこえたから、のぞいてみたんだけど、なにがあったんだい？」

たんたんとした先生の言葉に、わたしは音楽室のドアをあけてから起こったことを順番に話した。

そして、ランドセルからあのノートをとりだすと、

「どっちも、わたしがノートに書いた話なんです」

といって、先生にわたした。

先生は、しばらくパラパラとノートをめくっていたけど、やがて手をとめると、わたしを見て、

「井上《いのうえ》さんが書いた話と、まったく同じことが起こったの？」

ときいてきた。

わたしはちょっと考えてから、小さく首をふった。

「まったく同じじゃないですけど……」

音楽室の女の子が、テケテケではなく首なしお化けになっていたり、ふりかえった花嫁《はなよめ》さんの顔がのっぺらぼうで、しかも台詞《せりふ》が「結婚《けっこん》できない」から「おまえの顔をおくれ」になっていたりというちがいはあるけど、基本的《きほんてき》にはどちらも同じような話だ。

先生はノートに目を通しながら、わたしの説明を真剣《しんけん》な顔できいていたけど、

「これは、ノートのしわざかもしれないな」

そういって、肩《かた》をすくめた。

「どういうことですか?」

わたしはきいた。

「井上《いのうえ》さんが書いた話では、図工室の怪談のラストは『あなたは一生結婚《けっこん》できない』だったんだよね?」

「はい……」

わたしは力なくうなずいた。

結局、それ以外のラストを思いつかなかったのだ。

「それじゃあ、これを見てごらん」

山岸《やまぎし》先生はノートを開いて、わたしのほうに向けた。

それを読んで、わたしは自分の目をうたがった。


「おまえの顔をおくれ」


わたしは図工準備室《じゅんびしつ》の床《ゆか》で気を失ってたおれているところを、和音《かずね》が呼《よ》んできてくれた先生に発見された。

もちろん、すごく怒《おこ》られたけど、とくに大きなけがもなく、わたしは次の日から学校に登校した。

だけど、クラスのみんなとふだん通りにおしゃべりしながらも、わたしにはあるなやみがあった。

家族や友だちの目には、ふつうに見えているみたいなんだけど、あの日以来、鏡や写真で自分の顔を見ようとすると、そこにはあの目と鼻のない、まっ黒な口をした花嫁《はなよめ》の顔がうつるようになったのだ。

了

自分が書いた覚えのない文章が、自分の字で書かれていることに、わたしは怖《こわ》いのを通りこして、気分が悪くなった。

ページをもどって見てみると、音楽室の怪談《かいだん》も、さっきわたしたちが体験したような内《ない》容《よう》に変わっている。

音楽室のほうはともかく、図工室の怪談は、さっき昼間に書いたものなので、ねぼけて書いたということはありえない。

わたしはなにを信じればいいのかわからなくなってきて、背《せ》すじがさむくなった。

「どういうことなんでしょう」

わたしがかすれた声できくと、先生はノートをじっと見つめながら、

「これは、『七不思議ノート』かもしれないな」

といった。

「なんですか？　その七不思議ノートって……」

「学校の怪談《かいだん》……というか、都市伝説みたいなものだけどね。この学校の図書室に、書かれた怪談が現実《げんじつ》になるノートがある、っていううわさがあるんだ」

先生の言葉に、わたしはあらためてノートを見た。

そういえば、わたしはこのノートをいったいどこで手に入れたんだろう。

本だなに入ってたけど、自分で買った覚えもないし、もらった記憶《きおく》もない。

ノートを前に、考えこんでしまったわたしに、

「『七不思議ノート』にまつわるうわさっていうのは、こういう話なんだけどね……」

先生はそう前置きをして話しだした。

七不思議ノート

いまから二十年ほど前の話。

当時、この学校に、怖《こわ》い話が大好きな女の子がいた。

ある日、文房具屋《ぶんぼうぐや》さんでちょっと変わった色のノートを見つけた女の子は、そのノートに怪談《かいだん》をテーマにした小説を書くことを思いついた。

その子は小説が好きで、前から一度書いてみたいと思っていたのだ。

彼女《かのじょ》が考えたのは、主人公たちが学校にまつわる七不思議を集めていく、というストーリーだった。

彼女は友だちにきいたり、自分で考えたりしながら、自分だけの七不思議をそろえていった。

だけど、結局その小説がノートに書かれることはなかった。

まだ書きはじめる前――七不思議を集めている途中《とちゅう》で、彼女《かのじょ》が事故《じこ》にあって亡《な》くなってしまったのだ。

お母さんが、棺《ひつぎ》に入れてあげようと、彼女の部屋をさがしたんだけど、なぜかそのノートは見つからなかった。

じつは、女の子が学校の図書室で借りた本をかえしたとき、うっかり本の間にノートをはさんだままかえしてしまっていたのだ。

しかも、どういうわけか、そのノートはだれにも気づかれることなく、図書室の本だなに並《なら》んでしまった。

うすい青と緑と灰色《はいいろ》がまざったような、ちょっと変わった色をしたそのノートは〈七不思議ノート〉と呼《よ》ばれて、図書室のどこかにあるらしい。

そして、そのノートには女の子の思いがのこっているので、ノートを手にした人は、七不思議をテーマにした小説を書かなければならなくなる、ということだった。

了

「そのノートには小説を完成できなかった女の子の無念の思いがこもっていて、ちゃんと最後まで書ききらないと、呪《のろ》われるらしいよ」

山岸《やまぎし》先生の言葉に、わたしは眉《まゆ》をキュッとよせた。

そういえば、このノートを見つけたとき、図書室から借りてきた本の間から落ちてきたような気がする。

「その女の子は、なんていう名前だったんですか？」

わたしはふと気になってきいてみた。

「伊藤菜々《いとうなな》ちゃん。五年生だったそうだよ」

「菜々ちゃんは、どんな話を書こうとしてたんでしょう」

「さあ……菜々ちゃんがのこしたメモや下書きは、お母さんがお葬式《そうしき》のときに棺《ひつぎ》に入れちゃったから。ただ、事故《じこ》にあった日は、おそくまで教室にひとりでのこってなにかしていたそうだから、教室に手がかりがのこってるかもね」

先生の言葉に、わたしはがっくりと肩《かた》を落とした。

「でも、もう二十年も前の話なんですよね？　いまさら、手がかりなんて……」

「そうかな？」

先生はにやりと笑っていった。

「当時、彼女《かのじょ》がいたのは五年四組――あのあかずの教室があった場所なんだ。長い間封鎖《ふうさ》されていたんだから、もしかしたら、まだ手がかりがのこってるかもしれないよ」


図工室をでて先生と別れると、わたしははるかのもとに急いでもどった。

「だいじょうぶ？」

わたしがかけよると、

「うん、わたしは平気」

はるかはにっこり笑って、それから心配そうな顔になった。

「まみのほうこそ、だいじょうぶだったの？」

「うん、まあ……」

わたしはあいまいにうなずいた。

「あの女の子は……？」

はるかが少しふるえる声で、あたりを見まわす。

わたしは笑顔をつくって、はるかの手をとった。

「どこかにいっちゃったみたい。さあ、いこう」

下校時刻《じこく》は少しすぎていたけど、さいわい、保健室《ほけんしつ》の先生はまだのこっていた。

はるかの足を見てもらうと、

「かるいねんざね。ちょうど帰るところだから、車で送ってあげるわ」

そういってくれたので、はるかのことはまかせて、わたしも帰ることにした。


昨日のことがあるので、まわり道をして帰りながら、わたしは山岸《やまぎし》先生の話を頭の中で思いかえした。

いままで集めてきた怪談《かいだん》が全部で五つ。

〈七不思議ノート〉の話で、六つ目になる。

図書室からもってきた可能性《かのうせい》が高いこと、そして、ノートに怪談を書きだしてから、おかしなことがつづいていることを考えると、わたしのもっているこのノートが、先生のいっていた〈七不思議ノート〉と考えてまちがいないだろう。

しかも、ノートの持ち主は、あのあかずの教室の生徒だった――。

なんだかいろんなことが、わたしをあかずの教室にみちびいている気がする。

こうなると、七不思議の最後はやっぱり、あかずの教室の話以外に考えられないな、と思いながら歩いていたわたしは、家まであと少しというところで、足をとめた。

暗くなった路地の前方、チカチカと点滅《てんめつ》する街灯の下で、見覚えのある小さな背中《せなか》がしゃがみこんでいるのが見えたのだ。

あいたくなかったから、わざわざ遠まわりして帰ってきたのに……。

わたしが赤いランドセルのそばを、だまって通りすぎようとすると、

「見えてるくせに……どうして無視《むし》するの」

非難《ひなん》するような声がきこえてきた。

思わず足をとめてふりかえると、女の子はわたしをじっと見つめて、低い声でいった。

「ノート、最後まで書かないと……死ぬよ」

わたしはきこえないふりをして、走ってその場をにげだした。


次の日は土曜日。

目をさますと、学校がある日ならもう二時間目がはじまっている時間だった。

昨夜、ノートに『七不思議ノート』の話を書いたあと、七つ目をどうしようかと考えているうちに、おそくなってしまったのだ。

あくびをしながらおそい朝ご飯を食べていると、

「まみ、西野《にしの》さんから電話よ」

お母さんがコードレスの受話器をもってきた。西野さんというのは、小枝《さえ》ちゃんのことだ。

「西野さん、昨夜、自転車でころんでけがをしたんですって」

「え」

お母さんの言葉に、わたしはもう少しでパンをのどにつまらせるところだった。

電話にでると、小枝ちゃんは、話したいことがあるので、あのノートをもってきてほしいといった。

電話を切ってしばらくすると、今度ははるかから電話がかかってきた。

「小枝《さえ》ちゃんのけがのこと、きいた？」

というので、さっき電話をもらって、これからお見舞《みま》いにいくところだというと、

「わたしもいっしょにいっていい？　ちょっと、きいてほしいことがあるの」

はるかは少し不安そうな口調でいった。

「うん、いいよ。いっしょにいこう」

わたしたちは、まちあわせの場所と時間をきめて、電話を切った。


「ごめんね、わざわざ。けがはそんなにたいしたことないんだけど……」

パジャマ姿《すがた》の小枝《さえ》ちゃんは、ベッドの上に腰《こし》かけて、申し訳《わけ》なさそうにほほえんだ。

足首には、白い包帯がまいてある。

ちなみにはるかも、足首にしっぷをはって、包帯をまいていた。ふつうに歩くのは問題ないけど、走ったりすると痛《いた》むらしい。

「自転車でころんだってきいたけど……」

わたしの言葉に、小枝ちゃんは肩《かた》をすくめて、冗談《じょうだん》っぽい口調でいった。

「そうなの。自転車でころぶなんて、小学校に入ってから初めてかも」

その口調とは対照的な、うかない表情《ひょうじょう》が気になって、

「なにがあったの?」

ときくと、小枝《さえ》ちゃんは眉《まゆ》をよせて、小さくため息をついた。そして、

「昨夜、塾《じゅく》から帰る途中《とちゅう》のことなんだけどね……」

わたしたちの顔を交互《こうご》に見ながら、しずかに話しだした。

首をちょうだい

塾からの帰り道。小枝ちゃんにおこったのはこんなできごとだった。

通いなれた道を、自転車をこいで走っていると、うしろから、

タッタッタッタッ

と、追いかけてくるような足音がきこえてきた。

道はちょうど、左右を塀《へい》にはさまれた、ゆるやかなのぼり坂にさしかかったところで、右の塀の向こうには大きなお屋敷《やしき》、左には墓地《ぼち》がひろがっている。

なんだろう、と思ってふりかえると、自転車のすぐうしろから首のない女の子が両腕《りょうで》を前後にふって猛《もう》スピードで走ってきた。

びっくりした小枝《さえ》ちゃんは、とにかくにげようとして、自転車のスピードをあげた。だけど、首のない女の子もスピードをあげて、どんどんせまってくると、自転車の荷台にぴょんととびのった。

そして、うしろから小枝ちゃんの肩《かた》に手をかけると、どこから声をだしているのか、

「ねえ……ねえ……」

と耳もとでささやいてきた。

泣きそうになりながらも、とにかく自転車をこいでいると、自転車にのったおまわりさんが、前方から近づいてくるのが見えた。

おまわりさんが、

「こら、ふたりのりはやめなさい」

というのと、うしろの女の子が、

「ねえ……あなたの首をちょうだい」

というのが、ほとんど同時だった。

小枝ちゃんが思い切り急ブレーキをかけると、自転車はつんのめるようにバランスをくずして、道の上にころがった。

「いたたた……」

自転車の下じきになった右足をおさえながら、小枝《さえ》ちゃんがなんとか立ち上がると、

「だいじょうぶかい？」

おまわりさんが自転車をとめて、助けてくれた。

そして、あたりをきょろきょろと見まわしながらこういった。

「だから、やめなさいって……あれ？　うしろにのっていた女の子は、どこにいったんだい？」

「そのときにけがをしたの」

小枝《さえ》ちゃんは話し終えると、ブルッとふるえた。

話をききながら、わたしは混乱《こんらん》していた。

どうして小枝ちゃんのもとに、音楽室の首なしお化けがあらわれたのだろう……。

わたしはちょっとまよってから、昨日の放課後、わたしが体験したことを、ふたりに話した。

図工準備室《じゅんびしつ》で起こったできごとは、はるかにもあまりくわしく話してなかったのだ。

はるかは緊張《きんちょう》した顔で話をきいていたけど、わたしが話し終わると、

「じつはわたしも、昨夜、おかしなことがあったの」

間をおかずに話しだした。

来訪者《らいほうしゃ》

真夜中の……たぶん、二時くらいだったと思う。

のどがかわいて目がさめたから、水を飲もうと思って台所にいったの。

そうしたら、玄関《げんかん》のほうから、

カン……カン……


だれかがかたいものでドアをたたくような音がきこえてきたの。

昨日はお父さんが出張《しゅっちょう》だったから、家にはお母さんとわたししかいなかったんだけど、もしお父さんが急に帰ってきたとしても、ねるときはU《ユー》字型のドアガードをかけるから、鍵《かぎ》をもってても家の中には入れないのね。

だから、いちおうドアスコープをのぞいてみたんだけど、ドアの外にはだれもいなかったの。

気のせいだったのかな、と思って部屋にもどろうとすると、また、

カン、カン、カン

今度は、さっきよりも速いテンポで音が鳴ったの。

しかも、ドアのすごく低い位置から。

それで、もしかしたらって思ったの。

昔、お酒を飲んで帰ってきたお父さんがドアの前に座《すわ》りこんで、ドアスコープにうつらなかったことがあったのよ。

だから、今回もそれかもしれないと思って、ガードをかけたまま、そっとドアをあけてみたの。

数センチのすきまから、視線《しせん》を下におろして、外を見たのね。

そして、ほとんど足もとまでおりたとき、小さなかげが目に入ったの。

それは、赤い着物を着た、おかっぱ頭の日本人形だった……。

「きゃあ！」

わたしが悲鳴をあげて、あわててドアを閉《し》めようとすると、人形は体を半分はさむようにして、ドアが閉まるのをふせいだの。

そして、そのまま体をねじこむようにして、中に入ってこようとするから、とっさにつま先でけとばして、すばやくドアを閉めたの。

それからしばらく、ノブをしっかりとにぎりしめてたんだけど、それっきりなにも起こらなかったから、ホッと息をついて、玄関《げんかん》からはなれようとしたとき、

ガンッ！

はげしい音が、ちょうどドアの足もとのあたりからきこえてきたの。

「あとから考えたら、音がした場所って、ちょうどその人形が体をぶつけてきたくらいの高さだったのよね」

「はるかちゃん」

はるかが話し終わると、それまでだまってきいていた小枝《さえ》ちゃんが、口を開いた。

「それって、どんな人形だった？」

「どんなって、よくある日本人形だよ。赤い着物で、髪《かみ》は背中《せなか》まであって……あ、着物に手まりの刺繍《ししゅう》がしてあったかも」

説明をききながら、みるみるうちに顔が青くなっていった小枝ちゃんは、

「それ、あの絵の人形だ」

といった。

わたしも、小枝《さえ》ちゃんの言葉で思いだした。

はるかが見たという人形は、図工準備室《じゅんびしつ》にかざられていた、日本人形の絵にそっくりだったのだ。

「ねえ、いったいなにが起こってるの？」

はるかが泣きそうな声でいって、わたしたちの顔を見た。

だけど、わたしにもなにがなんだかわからなかった。

小枝ちゃんのもとに音楽室の首なしお化けがあらわれて、はるかのところには図工室の日本人形がやってきている。

まるで、わたしたち三人に対して、七不思議がなにかいいたいことがあるみたいだ。

「まみちゃん、あのノート、もってきてくれた？」

「あ、うん」

わたしはカバンからノートをとりだした。

そして、なにげなく中を開いて、サッと血の気が引くのを感じた。

昨夜、わたしはたしかに、図工室の怪談《かいだん》のあとに『七不思議ノート』を書いた。

それなのに、どういうわけか図工室の怪談《かいだん》と『七不思議ノート』の間に、勝手に話がふえていたのだ。


『首をちょうだい』

『来訪者《らいほうしゃ》』


どちらも、いまふたりが語ってくれたばかりの怪談と、同じ内容《ないよう》だ。

わたしはふるえる手で、ノートをふたりのほうに向けた。

顔をよせあってノートをのぞきこんだふたりは、同時に悲鳴をあげた。

「まみ、どうしてこんなの書くのよ」

はるかが、怒《おこ》ったような泣いているような顔で、ノートをこっちにほうりなげる。

「わたしは書いてない」

わたしは必死で首をふった。

「だって、これ、まみの字じゃない」

「字はたしかにわたしだけど……わたしじゃないの」

「まみちゃんには無理よ。だって、わたしたち、いま初めてまみちゃんに話したのよ」

小枝《さえ》ちゃんの言葉に、はるかもハッとした。

たしかに、わたしに書けるわけがないのだ。

わたしは昨夜のことを思いかえした。

わたしが『七不思議ノート』を書いたときには、たしかにこんな話はなかった。

ふたりの身に、このできごとが起こったからノートに書きくわえられたのか、それともだれかがノートに書きくわえたから、ふたりがこんな体験をすることになったのか……。

「机《つくえ》、借りるね」

わたしはベッドのとなりの勉強机《べんきょうづくえ》にノートをひろげると、ふたつの話を消しゴムで消そうとした。

だけど、鉛筆《えんぴつ》で書かれているように見える文字は、いくら力をこめてこすっても、まったく消えることはなかった。

わたしは、ノートの一番はじめ――まちがいなくわたしが書いた部分を消そうとしたけど、それでも文字はうすれもしない。

わたしは消しゴムをほうりだすと、ノートを両手でつかんでやぶろうとしたけど、いくら力をこめても、ノートはびくともしなかった。

わたしが肩《かた》で息をしていると、

「どういうこと？　それって、ただのノートじゃないの？」

はるかが悲鳴のような声でいった。

そこでわたしは、ノートにも書いてある七不思議ノートの話を、ふたりに話した。

「もしかしたら、わたし、図書室からこのノートをもってきちゃったのかも……」

わたしがそういうと、

「最後まで書ききらないと、呪《のろ》われるんだったら、早く最後まで書いちゃおうよ」

はるかがわたしの腕《うで》をつかんでいった。

「学校の怪談《かいだん》の七つ目は、あかずの教室なんでしょ？」

「でも、あの教室でなにがあったのかわからないし……」

「作者はまみちゃんなんだから、まみちゃんが好きなように書けばいいんじゃない？」

小枝《さえ》ちゃんの言葉にあとおしされて、わたしはこの間本で読んだばかりの話を書いてみた。


『あかずの教室』

わたしの学校には、あかずの教室があります。

西校舎《こうしゃ》の三階のつきあたりにあるのですが、昔、恋人《こいびと》にふられて人生を悲観した先生が、首をつったという話があって、それ以来、授業《じゅぎょう》中にしくしくとすすり泣くような声がきこえるので、使用禁止《きんし》になったそうです。

了

一気に書き終えて、息をついていたわたしは、目を疑《うたが》った。いま、わたしが書いたばか

りの文字が目の前でだんだんとうすれていったのだ。

中身がすべて消えてしまい、タイトルの『あかずの教室』だけがのこったノートを前にして、

「なんでだめなの……」

わたしは肩《かた》を落として、頭をかかえた。

「やっぱり、あの部屋で起こったことを、ちゃんと書かないとだめなのかも」

小枝《さえ》ちゃんがノートをのぞきこんで、青い顔でいった。

「でも、あの教室でなにがあったのかなんて、どうやったら……」

はるかがつぶやいたとき、コンコンとノックの音がして、小枝《さえ》ちゃんのお母さんが、ジュースとケーキをもってきてくれた。

「ふたりとも、せっかくの土曜日にごめんなさいね」

そういって、ジュースを机《つくえ》に置くお母さんに、

「ねえ……そういえば、お母さんって、うちの小学校の卒業生じゃなかったっけ」

小枝ちゃんが声をかけた。

「そうだけど……急にどうしたの？」

お母さんがおどろいたように目をまるくする。

「じつはね……」

小枝《さえ》ちゃんは、わたしが学校の怪談《かいだん》を題材にした小説を書いていることを話して、あかずの教室についてなにか知らないかとたずねた。

すると、お母さんは、一瞬《いっしゅん》、言葉につまったけど、遠い目をして、

「あの教室、まだあのころのままなのね……」

といった。

そのいい方に、わたしたちは顔を見あわせた。

「お母さん、もしかして、あの部屋のことを知ってるの？」

小枝ちゃんが興奮《こうふん》した口調できく。

「わたしはクラスがちがったから、友だちからきいただけなんだけど……」

お母さんは床《ゆか》の上に座《すわ》りなおすと、記憶《きおく》をさぐるように宙《ちゅう》を見つめながら話しだした。

あかずの教室

五年四組に通う女の子が亡《な》くなったのは、二学期も終わりに近づいたある寒い日のことだった。

交通事故《じこ》だった。

お通夜とお葬式《そうしき》が終わって、学校に挨拶《あいさつ》にきた女の子のお母さんは、せめて五年生の間だけでも、教室に女の子のいすと机《つくえ》をのこしてもらえないかと先生にお願いした。

先生とクラスメイトも、それをうけいれて、教室には彼女《かのじょ》の机がのこされ、日直当番が毎日花をかざることになった。

それから数日後。

亡《な》くなった子のとなりの席の女の子が、授業《じゅぎょう》中に気分が悪いと手をあげた。

その子は、顔色がまっ青で本当に気分が悪そうだったので、先生はすぐに保健《ほけん》委員に、保健室につれていくようにといった。

授業が終わって、先生が保健室に様子を見にいくと、その子はもう教室にはもどりたくないといいだした。

理由をきくと、だれもいないはずのとなりの席から、声がきこえるのだという。

はじめは気のせいだと思うようにしていたけど、次の日も、その次の日も、「おはようございます」とか「わかりました」といった声がぼそぼそときこえる。さっきは、先生が冗談《じょうだん》をいったときに、クラスの笑い声にまじって、くすくすと笑う声がきこえたのだと、その子はいった。

先生は、気のせいだとは思ったけど、クラスメイトが事故《じこ》で亡《な》くなるというショックなできごとがあったのだから、しかたがないと考え、その子を家に帰した。

ところが、次の時間になると、今度はうしろの席の男の子が、怖《こわ》いので帰りたいといいだした。

その男の子によると、声がきこえるだけではなく、たまに亡くなった女の子の席に、ぼんやりと人かげが見えるというのだ。

次の日、女の子のことが頭にあった先生は、出欠をとっているときに、うっかりその子の名前を呼《よ》んでしまった。すると、

「はい」

小さな声で返事がかえってきて、先生は背《せ》すじが寒くなった。

「だれだ、いたずらするのは」

そういって教室を見まわしたけど、だれも名のりでない。

それに、先生自身、いまの声がだれもいないはずの席からきこえてきたことに気づいていた。

それからも、声がきこえたり、人かげが見えたりということがつづいたので、クラス委員の男の子が、その子の机《つくえ》を片《かた》づけようとした。

すると、とつぜん蛍光灯《けいこうとう》が破裂《はれつ》して、男の子にだけ破片《はへん》がふりかかり、病院にはこばれていった。

そのころになると、クラスのみんなも怖《こわ》がって、なにかと理由をつけては学校を休むようになっていた。

そこで、ついに先生がいすと机を倉庫にはこびこんだのだが、翌日《よくじつ》からその先生は、原因《げんいん》不明の高熱でねこんでしまった。

あわてていすと机をもとの場所にもどすと、先生の熱は下がったけど、声や人かげは三学期が終わるまでつづいたらしい。

その後、年度がかわると、下の学年はクラスがひとつ少なかったので、いすと机《つくえ》はそのままにして教室を封鎖《ふうさ》してしまい、その部屋はあかずの教室になったという。

了

「女の子にとっても、あんまり名誉《めいよ》な話じゃないし、生徒たちを怖《こわ》がらせてもいけないからって、このことは当時のクラスメイトと担任《たんにん》の先生、それから歴代の校長先生しか知らないらしいの」

小枝《さえ》ちゃんのお母さんはそのとき五年一組だったんだけど、四組にすごく仲のいい子がいて、教えてもらったのだそうだ。

「その事故《じこ》で亡《な》くなった子の名前ってわかりますか？」

わたしがきくと、お母さんはちょっと考えてから、

「苗字《みょうじ》はわすれたけど、名前はたしか、菜々《なな》ちゃんじゃなかったかな」

と答えた。

それをきいて、やっぱり、とわたしは思った。

七不思議ノートの持ち主と、同じ名前だ。

お母さんが部屋をでていくと、わたしははるかと小枝《さえ》ちゃんと協力して、いまの話をノートに書きとめた。

そして、さっきみたいに文字が消えないことを確認《かくにん》すると、ふたりに向かって宣言《せんげん》するようにいった。

「わたし、いまから学校にいってくる」

「でも……」

心配そうな小枝ちゃんに、わたしは笑顔で力強く「だいじょうぶ」とうなずいた。

「それに、ふたりとも、足をけがしてるから、なにかあったときににげられないでしょ？」

わたしの言葉に、ふたりは言葉につまった。

「まみ」

はるかがわたしの両手をにぎりしめて、真剣《しんけん》な顔でいった。

「気をつけてね」

「うん。ありがと」

わたしはふたりに手をふると、ノートを手に学校へと向かった。

土曜日でも、先生はだれかいるはずだ。

門の横にあるインターホンをおして、わすれ物をとりにきたというと、

「どうぞ」

きき覚えのある声がして、通用門の鍵《かぎ》がカチャッと開いた。

職員室《しょくいんしつ》にいくと、山岸《やまぎし》先生がまっていた。

「七不思議は集まった？」

という先生の問いに、

「はい……たぶん」

と、わたしはうなずいた。

「七不思議ノートの女の子――菜々《なな》ちゃんは、ノートを完成させる前に、事故《じこ》で亡《な》くなって、その心のこりがあのあかずの教室にのこってしまったんだと思います」

だから、完成したノートをかえしてあげれば、満足するんじゃないでしょうか――わたしがそういうと、先生はなにもいわずに一本の鍵《かぎ》をさしだした。

わたしは鍵をうけとると、職員室《しょくいんしつ》をでて、まっすぐに西校舎《こうしゃ》へと向かった。

だれもいない校舎に、わたしのくつ音だけがひびきわたる。

ろう下をつきあたりまで歩いて、あかずの教室の前に立つと、わたしは胸《むね》に手をあてて、大きく深呼吸《しんこきゅう》をした。

〈立ち入り禁止《きんし》〉の張《は》り紙を前にしながら、鍵をあける。

力をこめてドアを開くと、わたしはあかずの教室に足をふみいれた。

中はまっ暗で、ひどくほこりくさい。

手さぐりで電気のスイッチを入れると、何度か点滅《てんめつ》してから、蛍光灯《けいこうとう》がいっせいについた。

カーテンはすべて閉《と》ざされて、ガムテープで壁《かべ》にしっかりと固定してある。

すぐにでも授業《じゅぎょう》がはじめられそうなくらい、整然とならべられた机《つくえ》の中、ちょうどまん中にある机《つくえ》の上に、からっぽの花びんが置いてあった。

あれが菜々《なな》ちゃんの席だろう。

わたしは机に歩みよって、ノートを中に入れると、手をあわせて目を閉《と》じた。

「七不思議が完成しました。これで成仏《じょうぶつ》してください」

目をあけると、いつのまにか、目の前のいすにちょうど五年生くらいの女の子が座《すわ》っていた。

ドキッとしながらも、「これでいいの？」とわたしが問いかけると、女の子はうつむいたまま、小さく首をふった。

「え？　ちがうの？」

思いがけない返事に、わたしがとまどっていると、
バンッ！

大きな音をたてて、ドアがはげしく閉《し》まった。

同時に、教室中のいすと机《つくえ》が、いっせいにガタガタガタとゆれはじめる。

床《ゆか》はゆれてないから、地震《じしん》ではない。

すべてのいすに、目に見えないだれかが座《すわ》っていて、いっせいにゆらしているような、そんな光景だった。

わたしがぼうぜんとしていると、女の子がパッと顔をあげた。そして、その顔がぐにゃりとゆがんで、

「ここでいっしょに遊ぼうよ」

低い男の人の声でそういった。

わたしはとっさに教室からにげだそうとしたけど、いすと机がうごいて、いく手をふさいでくる。

しかたがないので、わたしは窓《まど》のほうににげると、テープをひきちぎるようにしてカーテンをあけた。

そして、窓をあけようとしたけど、鍵《かぎ》はあいているのに、どういうわけか、どれだけ力をこめても窓はあかなかった。

それに、もし窓があいても、ここは三階なのだから、とびおりるわけにはいかない。

わたしは窓をたたいて助けをもとめたけど、土曜日のグラウンドに人かげはなく、学校の前を通る人たちも、だれも気づいてくれなかった。

そんなことをしている間にも、いすと机《つくえ》はわたしをかこむようにしてせまってくる。

その様子を、さっきの女の子が教卓《きょうたく》に腰《こし》かけて、にやにやしながらながめていた。

いったい、どうすればいいんだろう……。

とほうにくれて、その場に座《すわ》りこんだわたしは、菜々《なな》ちゃんの机の下に、なにかコインのようなものが落ちているのに気づいた。

よく見ると、それは十円玉だった。

そういえば、机《つくえ》の中にノートを入れて、手をぬきだしたとき、指がなにかかたいものにあたったような気がする。

だけど、どうして十円玉が……。

わたしはあることに気がつくと、体のあちこちをいすや机にぶつけながら、菜々《なな》ちゃんの机に近づいて、十円玉をひろいあげた。

そして、机の中をさぐった。

すると、思ったとおり、ノートのさらに奥《おく》に、一枚《まい》の紙が入っているのが見つかった。

紙をとりだして、机の上にひろげると、まん中に鳥居《とりい》があって、左右に〈はい〉と〈いいえ〉、その下に五十音と〇から九までの数字が並《なら》んでいる。

それは、こっくりさんの紙だった。

事故《じこ》にあった日の放課後、菜々《なな》ちゃんは教室にひとりでのこってなにかをしていたらしい。

もしかしたら、そのとき菜々ちゃんは、ひとりこっくりさんをやっていたんじゃないだろうか。

ひとりこっくりさんというのは、その名のとおり、ひとりでやるこっくりさんのことで、こっくりさんよりもはるかに危険《きけん》だといわれている。

それは、こっくりさんは呼《よ》ぶときよりも帰すときにエネルギーがいるので、ひとりでやると、呼んだはいいけど帰ってもらえ

なくなることが多いからだ。

おそらく、菜々ちゃんはこっくりさんを帰すことができずに、紙と十円玉を学校にのこしたまま、家に帰る途中《とちゅう》で事故にあってしまったのだろう。

だから、机《つくえ》の中に紙と十円玉が、処分《しょぶん》されずにのこっていたのだ。

つまり、こっくりさんはまだここにいるということになる。

わたしは十円玉を紙の上に置くと、

「こっくりさん、こっくりさん。どうぞお帰りください！」

ととなえた。

わたしの指を引っぱるようにして、十円玉が〈いいえ〉に移動《いどう》する。

わたしは十円玉を、なんとか〈はい〉のほうにうごかそうとするんだけど、まるで紙にはりついているみたいに、びくともしない。

やっぱり、ひとりだと無理なのかな……。

体から力がぬけて、肩《かた》を落とすわたしの姿《すがた》に、いすや机《つくえ》がまるで笑い声をあげるように、ガタガタと足を鳴らす。

教卓《きょうたく》の女の子も、にやにや笑いながらこちらを見ている。

自分がいまいる状況《じょうきょう》が急に怖《こわ》くなってきて、泣きだしそうになったそのとき、ドアがいきおいよくあいて、はるかと小枝《さえ》ちゃんがあらわれた。

「まみ！」

「まみちゃん！」

わたしはおなかに力をこめて、ふたりにさけんだ。

「てつだって！　こっくりさんを帰さないといけないの！」

いすと机《つくえ》がまたガタガタとふたりのいく手をはばもうとする。

教卓《きょうたく》の女の子の存在《そんざい》に、ふたりは一瞬《いっしゅん》ぎょっとしたけど、すぐに机をかきわけるようにしてやってきてくれた。

わたしたちは、十円玉に指をそろえると、声をあわせて、

「こっくりさん、こっくりさん。どうぞお帰りください！」

ととなえた。

だけど、十円玉は〈いいえ〉にいすわろうとする。

わたしたちは、何度もお願いをくりかえしながら、力をあわせて、なんとか十円玉を〈はい〉のほうまでおしもどした。

そして、最後に鳥居《とりい》の上に移動《いどう》させると、わたしは紙をとりあげて、まっぷたつに引きさいた。

悲鳴のような音をたてながら、紙が半分にやぶれる。

いすと机《つくえ》が、ガタガタと音をたてる中、わたしは紙をさらにこまかくやぶいていった。

そして、文字ひとつ分くらいまで小さくなったところで、ふと気がつくと、教室の中はすっかり静かになり、教卓《きょうたく》の女の子もいなくなっていた。

わたしは大きく息を吐《は》きだすと、ふたりに向かってにっこり笑いかけた。

「ありがとう」

ふたりは笑ってうなずいた。

わたしがでていったあと、どうしても気になったので、小枝《さえ》ちゃんのお母さんにお願いして、学校まで車で送ってもらったらしい。

二十年前、この教室でおかしなことがつづいたのは、菜々《なな》ちゃんに呼《よ》びだされたこっくりさんが、そのままいすわって、いたずらをくりかえしていたからだろう。

菜々ちゃんは、ノートが完成しなかったことよりも、こっくりさんを呼んだきり、帰せなかったことが心のこりだったのだ。

わたしたちはあかずの教室をでると、外からふたたび鍵《かぎ》をかけた。

職員室《しょくいんしつ》にはだれもいなかったので、キーボックスのあいている場所にてきとうに鍵をひっかけて、校舎《こうしゃ》をあとにする。

校舎の外で足をとめてふりかえると、どこからか、女の子のうれしそうな『ありがとう』という声がきこえたような気がした。

了

「――どこからか、女の子のうれしそうな『ありがとう』という声がきこえたような気がした。」

そこまで書いたところで、キーを打つ手をとめて、ひとやすみしていると、担当編集者《たんとうへんしゅうしゃ》の水木《みずき》さんから電話がかかってきた。

「おつかれさまです。調子はどうですか？」

という水木さんに、

「あと少しで終わると思います」

わたしが答えると、電話の向こうからホッとする気配がつたわってきた。

「それじゃあ、刊行《かんこう》時期は予定通りでだいじょうぶですね？」

「はい」

「あ、それからうれしいお知らせです。前作の『妖怪《ようかい》くらぶへようこそ』が重版《じゅうはん》になりましたよ」

「本当ですか？　ありがとうございます」

わたしは電話口で声をはずませた。重版《じゅうはん》というのは、本の売れ行きが好調なので、追加で部数をふやすことだ。

本のよしあしと売れ行きは、かならずしも一致《いっち》するわけじゃありません——デビュー前に、水木《みずき》さんにいわれた言葉は、いまでもよくおぼえている。

作家としてデビューしてから一年がたち、その言葉の意味も実感としてわかるようになってきたけど、たくさん読まれているというのは、やっぱりうれしいものだ。

「今回の作品は、井上《いのうえ》さんの小学生のときの実体験がもとになってるんですよね」

水木《みずき》さんの言葉に、わたしは「ほとんど実体験のままです」という言葉を飲みこんで、「はい」とうなずいた。


九年前のあの日――

あかずの教室で、こまかくやぶった紙と十円玉をポケットに入れたわたしは、ちょっとまよってから、ノートを菜々《なな》ちゃんの机《つくえ》に入れて教室をでた。

わたしにとって、初めて書いた物語だったけど、このノートの持ち主は、やっぱり菜々ちゃんだと思ったのだ。

学校をでたあと、紙と十円玉を前回と同じように処分《しょぶん》したわたしは、家に帰るとベッドにもぐりこんで、ぐっすりとねむりについた――。

月曜日、学校にいったわたしが、職員室《しょくいんしつ》に山岸《やまぎし》先生をたずねると、そんな先生はいないといわれた。

だけど、なんとなく予想していたので、あまりおどろかなかった。

結局、新人賞には応募《おうぼ》しなかったけど、あのとき学んだ、

「とにかく最後まで書ききる」

という気もちをわすれずに小説を書きつづけた結果、高校三年生のときに書いた小学生向けの作品が、ある新人賞の佳作《かさく》にえらばれた。

もちろん、佳作になったからといって、すぐに本にしてもらえるわけじゃない。

その作品をおもしろいといってくれた編集者《へんしゅうしゃ》の水木《みずき》さんと、何度も相談して書き直した上で、ついに去年、大学二年生のときにデビューすることができたのだ。

デビュー作はさいわい好評《こうひょう》で、その後も二冊《さつ》の本をだすことができた。そして、今回、

「なにか、書きたい題材はありますか？」

と水木さんにきかれてまっ先に頭にうかんだのが、九年前のあの体験だったのだ。

あのとき、ノートに書いた文章が、わたしの作家としての原点だったのかもしれないな
——そんなことを思いかえしていると、

「そういえば、井上《いのうえ》さんの母校、とりこわされるみたいですよ」

水木《みずき》さんの台詞《せりふ》に、わたしは現実《げんじつ》に引きもどされた。

「え？」

わたしはびっくりしてききかえした。

「本当ですか？」

子どもの数がへってきたため、去年か一昨年《おととし》ぐらいに廃校《はいこう》になって、近くの小学校に統《とう》合《ごう》されたという話はきいていたけど……。

水木さんによると、あの学校に通っていた、現在《げんざい》中学一年生の女の子から、小学校の実名とともに、〈とりこわされる学校にまつわる怪談《かいだん》〉がメールで送られてきたらしい。

わたしがいままでにだした三冊《さつ》の本は、どれも怪談がらみだったので、読者から、自分の学校につたわる怪談がメールや手紙で送られてくることはめずらしくない。

女の子は、どうやらわたしがその学校の卒業生とは知らずに送ってきたみたいで、

「参考になるかもしれないので、転送しますね」

という水木さんに、

「お願いします」

と答えて電話を切ると、わたしは腰《こし》を上げて、窓《まど》をあけた。

つきぬけるような高い空に、秋らしいうろこ雲がひろがっている。

わたしが住んでいるのは、大学の近くにあるワンルームマンションだ。

実家には、電車をのりつげば二時間ちょっとで帰れるけど、イメージがしばられるのがいやだったので、今回の原稿《げんこう》にとりかかってから、わたしはあえて地元にもどっていなかった。

だけど、とりこわされるなら、その前に一度くらい見にいってもいいかな……そんなことを考えながらメールをチェックしていると、早速水木《みずき》さんからの転送メールがとどいていた。


これは、わたしが通っていた小学校で起こった話です。

わたしはこれを、学校の裏《うら》に住んでいる友だちからききました。

わたしが通っていた小学校は、子どもがへったせいで、去年、近くの小学校に統合《とうごう》されました。

そして、今年中には校舎《こうしゃ》がとりこわされるはずだったのですが、いまだに工事はストップしています。

それは、奇妙《きみょう》な事故《じこ》がつづいたからだといわれています。

わたしがきいた話では、はじめはトラックのエンジンがかからないとか、工事の道具がなくなるといった、ささいなことだったそうです。

それがある日、工事の視察《しさつ》にきた市役所のえらい人が、家庭科室でおぼれそうになるという事件《じけん》がおきました。

その人がいうには、中に入ったらとつぜんドアが閉《し》まって、すべての蛇口《じゃぐち》から水がいっせいに流れだしたのだそうです。しかも、不思議なことに、ドアや窓《まど》のすきまから水がもれることなく、部屋が水でみたされて、おぼれそうになったというのです。

たしかにその人は、発見されたとき、頭からつま先までずぶぬれになって床《ゆか》にたおれていたらしいのですが、いくら家庭科室に流し台がたくさんあるといっても、教室が水でいっぱいになるなんてあるわけがないので、だれもその人のいうことを信じませんでした。

ところが、それから数日後のことです。

その日は前日の雨で、地面はかなりぬかるんでいました。

工事の人が、グラウンドを横切るようにしてトラックを運転していると、ちょうどグラウンドのまん中あたりまできたところで、トラックがとまってしまいました。

どうやら、ぬかるみにタイヤがはまってしまったみたいで、いくらアクセルをふんでも、からまわりしてしまいます。

工事の人は、憂鬱《ゆううつ》になりながらも、しかたがないのでドアをあけて、運転席からおりようとしました。

タイヤの下に木の板かなにかをしいて、ぬかるみからぬけだすためです。

ところが、足をグラウンドにおろした瞬間《しゅんかん》、工事の人は悲鳴をあげました。

まるで底なし沼《ぬま》のように、足がずぶずぶと地面にしずんでいくのです。

あわててドアにしがみついて、ふたたび運転席にのりこむと、今度はトラックごと、どんどん地面にしずんでいきます。

工事の人は、必死でアクセルをふみましたが、タイヤははげしくからまわりをするばかりで、トラックはあっという間に運転席の窓《まど》のあたりまで土にうまってしまいました。

「助けてく……」

工事の人は大声をあげようとしましたが、次の瞬間《しゅんかん》、窓ガラスをつきやぶったどろが、運転席に流れこんできて、そのまま息もできずに……。

「おい、なにをしてるんだ」

なかまの声にハッと気がつくと、その人は、トラックのそばにある水たまりにねころがって、どろだらけになりながらじたばたとあばれていたそうです。

その後も、クレーンで校舎《こうしゃ》をこわそうとしたらとなりのクレーンをこわしてしまったとか、巻尺《まきじゃく》で長さをはかっていたら、巻尺がとつぜん白いへびになったとか、おかしなことがつづくので、現場《げんば》の人が次々《つぎつぎ》とやめていって、いまだに工事を引きうけてくれる会社がきまらないのだそうです。

うわさでは、うちの学校には〈七不思議の菜々子《ななこ》さん〉という幽霊《ゆうれい》が住んでいて、住処《すみか》をあらされるのがいやで、工事のじゃまをしているということです。

「これって……」

メールを読み終わって、わたしは腕《うで》をくんだ。

〈七不思議の菜々子さん〉というのは、おそらくハナコさんと菜々《なな》ちゃんの怪談《かいだん》が、いいつたえられるうちにどこかでまざってしまったのだろう。

ただのうわさや作り話にしては、内容が具体的でリアリティがある。

このメールの中身が本当なら、たしかにだれかが工事のじゃまをしているようだ。

だけど、いすわっていたこっくりさんは帰したはずだし、いったいだれが――。

わたしが首をひねっていると、はるかから電話がかかってきた。

はるかは、わたしと同じく大学進学のために、地元をはなれてひとり暮《ぐ》らしをしている。

「ねえ、知ってる？　学校、とりこわされちゃうらしいよ」

はるかの言葉に、わたしはうなずいた。

「うん。わたしもいまきいたところ」

「しかもね、小枝《さえ》ちゃんにきいたんだけど……」

「工事が中断《ちゅうだん》してるんでしょ？」

「あれ？　まみも小枝ちゃんにきいたの？」

「そうじゃないんだけど……」

わたしは、いま読んだばかりのメールの内容《ないよう》を、簡単《かんたん》に話した。

はるかはだまってきいていたけど、わたしが話し終わると、

「ねえ。とりこわされる前に、一度見にいってみない？」

といった。

「うん。ちょうどわたしも、そう思ってたところ」

自分が小学生時代に体験した話を書いているタイミングで、小学校がとりこわされるというのも、なにかの運命かもしれない。

時間と場所をきめて電話を切ると、わたしはいすに座《すわ》りなおして、もう一度、女の子からのメールを読みかえした。


数日後。

電車をのりついで、目的の駅についたのは、お昼の少し前だった。

改札をでて駅前のロータリーに向かうと、先に着いていたはるかと、車でむかえにきてくれた小枝《さえ》ちゃんが、赤い車の前で手をふっていた。

小枝ちゃんは実家から、となり町にある美術系《びじゅつけい》の大学に通っている。最近、大学の企画《きかく》で市役所と協力して、小学生向けの美術教室を開いたらしい。

「なんか、不思議な感じだったよ。わたしたちが小学生のころは、大学生っていうと、すごく大人だと思ってたけど、実際《じっさい》になってみるとそうでもないね」

小枝《さえ》ちゃんはハンドルをにぎりながら、昔と変わらない笑顔でそういった。

ひとしきり近況報告《きんきょうほうこく》がすんだところで、わたしは助手席のはるかに、家でプリントアウトしてきた読者からのメールをわたした。

ふたりには、わたしがあの体験をもとにした小説を書いていることは話してある。

運転している小枝ちゃんのために、声にだして読んでいたはるかは、最後まで読み終わると、

「これって、うちの学校のことなんだよね？」

体をひねってきいてきた。

「うん。ここには名前はでてこないけど、出版社《しゅっぱんしゃ》にとどいたメールには、ちゃんと学校の名前が書かれてたんだって」

わたしたちがそんな話をしていると、

「学校についてから話そうと思ってたんだけど……」

小枝ちゃんが赤信号の手前で減速《げんそく》しながらいった。

「近所でも、けっこううわさになってるみたいなの」

美術《びじゅつ》教室には、学校の近くに住んでいる子どもたちも参加していて、小枝《さえ》ちゃんが卒業生だと知ると、いろいろ教えてくれたらしい。

「夜になると、校舎《こうしゃ》からすすり泣く声がきこえてくるとか、夜中にだれもいないはずの教室で、人魂《ひとだま》みたいなぼんやりとしたあかりがうかんでいたとか、血まみれの男がグラウンドを歩きまわっているとか……そんなうわさがひろまってるんだって」

あの学校には、まだなにかが——だれかが——のこっているのだろうか。

わたしは窓《まど》の外を流れるなつかしい風景をながめながら、そっと気をひきしめた。


学校に到着《とうちゃく》して車をおりると、わたしたちは金網《かなあみ》ごしに校舎を見上げた。

小学生のころは、すごく大きく見えていた校舎も、大人になってみると、

「こんなに小さかったかな？」

と感じるようになる。

自分の体が大きくなったからなのか、それとも、行動範囲《はんい》がひろがって、大きな建物がめずらしくなくなったからなのだろうか。

「工事、進んでないみたいだね」

小枝《さえ》ちゃんがぽつりといった。

金網《かなあみ》の向こうには、鉄球のぶらさがったクレーンとトラックが一台ずつとまっているけど、いまはうごいてないし、人がいる気配もない。

校舎《こうしゃ》も四階のごく一部がこわされているだけで、ほとんどもとのままだな、と思っていると、

「まったく、ばちあたりな……」

すぐうしろで声がした。

ふりかえると、あごのほそい、目のつりあがったおばあさんが、眉間《みけん》にしわをよせて校舎を見上げていた。

「粗末にあつかいおって……なにがおこっても知らんぞ……」

おばあさんはぶつぶついいながら、腰《こし》に手をあてて通りすぎていった。

ばちあたりって、いったいなんのばちがあたるのだろう……。

その台詞《せりふ》が気になって、

「あの……」

わたしがおばあさんを呼《よ》びとめようとしたとき、

「ねえ、ここあいてるよ」

はるかが通用門をおしあけて、わたしたちを手まねきした。

「ちょっと、まずいんじゃないの？」

わたしは声をひそめてとめたけど、

「だいじょうぶじゃないかな。このへんは、うわさのせいもあって、あんまり人も通らないし」

小枝《さえ》ちゃんまでそんなことをいいだしたので、結局三人で少しだけおじゃますることにした。

中に入ると、あきれたことに、校舎《こうしゃ》にも鍵《かぎ》がかかっていなかった。

もっとも、ぬすまれるものもないだろうけど……。

わたしたちは階段《かいだん》をのぼって、あかずの教室へと向かった。

〈立入禁止《きんし》〉のはり紙が、セロテープで補修《ほしゅう》されている。

「ここもあくみたい」

はるかが、教室のドアをガタガタと鳴らしながら、横に引いた。

たぶん、工事の関係で全部のドアの鍵《かぎ》をあけてあるのだろう。

わたしは九年ぶりに、あかずの教室に足をふみいれた。

あのときあけたカーテンは閉《と》じられ、いすや机《つくえ》ももとどおりにならべられている。

わたしは空《から》の花びんが置いてある菜々《なな》ちゃんの机に歩みよった。

いすも机も、こんなに小さかったんだな――そんなことを思いながら、ほこりのつもった机の中に手を入れると、七不思議ノートはまだそこに入っていた。

なつかしさを感じながら、パラパラとノートをめくったわたしは、思いがけないものを目にして、思わず「え？」と声をあげた。

わたしは九年ぶりに、あかずの教室に足をふみいれた。

あのときあけたカーテンは閉《と》じられ、いすや机《つくえ》ももとどおりにならべられている。

わたしは空《から》の花びんが置いてある菜々《なな》ちゃんの机に歩みよった。


最後に書かれた文章から一ページあけて、新しい物語がはじまっていたのだ。

しかも、書かれているのは、まさにこの状況《じょうきょう》だ。

わたしは反射的《はんしゃてき》に身がまえた。

九年前、このノートに新しい物語がくわわるたびに、わたしたちのまわりにおかしなことがおこった。

もしかして、またなにかがはじまるのだろうか。

だけど、菜々ちゃんの心のこりは、九年前に解決《かいけつ》したはずだ。

それじゃあ、いったいなにが……。

「どうしたの？」

ノートを手にしたまま立ちつくしているわたしに、小枝《さえ》ちゃんが声をかけたとき、窓《まど》の外から車の音がきこえてきた。

工事の人がきたのかもしれない。

校舎《こうしゃ》の外にでてみると、黒い車と灰色《はいいろ》のワンボックスカーが、正門からグラウンドに入ってくるところだった。

黒い車から、グレーの背広《せびろ》を着たかっぷくのいい男の人が、ワンボックスカーからは青い作業服を着た若《わか》い男の人たちがおりてくる。

背広の男の人が、わたしたちに気づいて、

「こら！　こんなところで、なにをしてるんだ。ここは立ち入り禁止《きんし》だぞ」

大声をあげながら近づいてきた。だけど、途中《とちゅう》で小枝ちゃんの顔を見て「おや？」という表情《ひょうじょう》で足をとめた。

小枝ちゃんも、「あっ」と声をあげて、

「高橋《たかはし》さんですよね？　先日はお世話になりました」

そういって、ふかぶかと頭を下げる。

小枝《さえ》ちゃんによると、男の人は高橋《たかはし》さんといって、小学生の美術《びじゅつ》教室を開いたときにお世話になった、市役所の教育課の人だということだった。

「すいません。わたしたち、この学校の卒業生なんです。とりこわされるってきいて、ひとめ見たくて……」

小枝ちゃんの言葉に、高橋さんはしぶい顔で頭をかいていたけど、それ以上強くとがめることはなく、

「とにかく、あぶないから帰りなさい。いまから工事の準備《じゅんび》をはじめるから」

そういって、作業服の人たちに合図を送った。

「工事、再開《さいかい》するんですか？」

小枝ちゃんがたずねる。

「うん。ようやく、引きうけてくれる業者が見つかってね。まったく……ハナコだかナナコだか知らないけど、呪《のろ》いなんてくだらないうわさのせいで、こっちは大迷惑《だいめいわく》だよ」

高橋さんはにがにがしい表情《ひょうじょう》で首をふった。

小枝《さえ》ちゃんは、高橋《たかはし》さんにばれないようにこっちを見て、にが笑いをうかべながら肩《かた》をすくめた。

肩をすくめてかえしながら、わたしはふと、ノートを手にしたままだったことに気がついた。

無意識《むいしき》のうちに、教室からもちだしてしまったらしい。

ノートは、今度はわたしになにをさせようとしているんだろう……不安に思いながら、ノートを開いたわたしは、またいつのまにかふえていた文章に目を見開いた。


「呪《のろ》いなんてくだらないうわさのせいで、こっちは大迷惑《だいめいわく》だよ」

男の人がにがにがしい表情《ひょうじょう》で首をふったとき、グラウンドにとまっていたクレーンが、だれものっていないのにとつぜんうごきだして、作業員たちに向かっていった。

「あぶない！」

わたしはとっさにさけびながら、クレーンのほうへとかけだした。

作業員の人たちが、なにごとかと足をとめてふりかえる。

「みなさん、すぐにはなれてください！」

「なにをしてるんだ！」

高橋《たかはし》さんがどなりながら追いかけてきて、わたしの腕《うで》をつかんだとき、だれものっていないはずのクレーン車が、とつぜんウイーンと機械音をあげると、鉄球をぐるぐるとまわしながら、こちらに向かって近づいてきた。

作業員たちが悲鳴をあげながらにげまわる。

高橋さんも、それを見て車の中ににげこんだ。

「まみ、あぶない！」

はるかが車のかげから手まねきする。

だけど、わたしは鉄球がまわる光景に、あるものを思いだしていた。

こっくりさんだ。

鉄球がぐるぐるとまわる様子が、紙の上をうごきまわる十円玉を連想させたのだ。

そういえば、わたしたちが七不思議にかかわるようになったのも、こっくりさんがきっかけだった。

それだけじゃない。

過去《かこ》にも、いじめられていたハナコさんという女の子のもとにこっくりさんが降《お》りてきたことがあるし、菜々《なな》ちゃんも、帰すことには失敗したけど、こっくりさんをよびだすことには成功している。

どうしてこの学校は、こんなにこっくりさんが降りてきやすいんだろう――。

そのとき、笑い声がきこえたような気がして、わたしは校舎《こうしゃ》を見上げた。

その声は、西校舎の一番はし――あかずの教室からきこえてきたようだった。

「まみちゃん！」

「まみ！」

ふたりの悲鳴を背中《せなか》にききながら、わたしは鉄球の下をくぐって、校舎にかけこんだ。

そのままのいきおいで階段《かいだん》をのぼって、あかずの教室にとびこむ。

部屋の中では、九年前と同じように、いすと机《つくえ》がガタガタと、まるで笑っているように音をたてていた。

その異様《いよう》な光景に、わたしは一瞬《いっしゅん》立ちすくんだけど、勇気をだして、菜々《なな》ちゃんの机に向かった。

わたしのいく手をはばもうとするいすと机をけちらしながら、菜々ちゃんの机にたどりつくと、わたしは床《ゆか》をはうようにしてあるものをさがした。

うしろから、机の角《かど》が背中《せなか》にガツンとぶつかる。

思わず「うっ」と声がもれるくらい痛《いた》かったけど、わたしももう子どもじゃない。

腕《うで》でガードしながらさがしつづけると、床板《ゆかいた》に数センチ程度《ていど》の小さなすきまがあいているのを発見した。

もっていたペンの先で、すきまにはさまっていた小さな紙切れを引っぱりだす。

それは、二、三センチ四方の、本当に小さな紙切れだった。鉛筆《えんぴつ》でかかれた鳥居《とりい》の絵が、ちょうどまん中で引きさかれている。

菜々ちゃんがひとりこっくりさんのときにつかって、九年前、わたしがやぶった紙の切れはしだ。

こまかくやぶったとき、一枚《まい》だけ床《ゆか》のすきまに落ちてしまったために、こっくりさんの力がこの教室にのこってしまったのだろう。

わたしが紙片《しへん》をさらにこまかくやぶると、足を鳴らしていたいすや机《つくえ》が、じょじょにおとなしくなっていった。

あとで、ちゃんと燃《も》やさないといけないので、わたしは今度こそ落とさないよう、注意してポケットにしまった。

だけど——わたしは教室の中を見まわした。

この小さな一枚だけで、家庭科室を水びたしにしたり、クレーンをうごかすほどの力があるのだろうか。

もしかしたら、この学校にはほかにもなにか、こっくりさんが降《お》りてきやすい秘密《ひみつ》があるんじゃ……。

わたしはテープをはがしてカーテンをあけると、窓《まど》の外を見下ろした。門の前を、さっきのおばあさんが通りかかるのが見える。

散歩から帰ってきたのかな、と思いながらその様子をながめていたわたしの頭に、おばあさんの台詞《せりふ》がよみがえった。

「粗末《そまつ》にあつかいおって……なにがおこっても知らんぞ……」

おばあさんは、ここに粗末にあつかってはいけないなにかがあることを知っていたのだ——。

わたしは机《つくえ》をおしのけて教室をとびだすと、おばあさんのあとを追いかけた。

おばあさんからくわしい話をきいたわたしは、校舎裏《こうしゃうら》へと向かった。

校舎裏には、金網《かなあみ》にそって木が植えられていて、そのまわりがちょっとした雑木林《ぞうきばやし》になっている。

その一番奥《おく》、背《せ》の高い雑草《ざっそう》がおいしげったふかい植えこみの中に、それはあった。

高さ三十センチぐらいの、長方形の石の塚《つか》。

長年の雨や風で角は丸くなり、表面の文字はかすれて、ほとんど読めなくなっている。

たぶん、だれもこんなところに塚があるなんて気づいてないだろう。

わたしも六年間通っていたのに、全然知らなかった。

門をとびだして、おばあさんに追いついたわたしが、

「ここには、なにがあったんですか？」

とたずねると、おばあさんは顔をしかめながら、

「お稲荷《いなり》さんだよ」

と教えてくれたのだ。

お稲荷さんというのは稲荷神社《じんじゃ》のことだ。

学校ができる前、この場所には稲荷神社があったのだ。

そして、おばあさんによると、学校ができたあとも、校舎裏《こうしゃうら》に塚をつくって奉《まつ》ってあったらしい。

それなのに、神さまにことわりもなく、勝手にとりこわしをはじめていたことに、おば

あさんは怒《おこ》っていたのだった。

どういう経緯《けいい》で神社のあとに学校を建てたのかはわからないけど、小さなものとはいえ、こうしてちゃんと塚《つか》があるのだから、おそらく昔はもっとちゃんと奉《まつ》っていたのだろう。

ちなみに、稲荷神社《いなりじんじゃ》ではキツネが神の使いとされている。

わたしはグラウンドにもどると、はるかと小枝《さえ》ちゃんに事情《じじょう》を説明した。

話をきいた小枝ちゃんは、

「大変じゃない。早く教えてあげないと」

そういって、まだ車の中でぼうぜんとしている高橋《たかはし》さんのところにかけよった。

そして、稲荷神社のことを話して、ちゃんと神主さんを呼《よ》んで場所をうつしたほうがいいと訴《うった》えた。

高橋さんは、めんくらった顔できいていたけど、美術《びじゅつ》教室のときのやりとりで、小枝ちゃんがいいかげんなうそをつくような子じゃないとわかっていたのだろう。とりあえず、上司と相談してみるといってくれた。

肩《かた》の荷がおりたわたしは、ノートを手に、校舎裏《こうしゃうら》へともどった。

さっきまでどんよりとした空気が立ちこめていた塚《つか》のまわりに、こころなしか、さわやかな風が吹《ふ》きはじめている。

もともとは神さまなのだから、ちゃんと奉《まつ》れば、守り神になってくれるのかもしれないな――そんなことを考えながら、わたしはノートを塚の前に置いた。

本来なら、菜々《なな》ちゃんの家族にわたすのが一番いいのかもしれないけど、もう三十年前の話だし、いまさらどうやって見つかったのかときかれても、説明がむずかしい。

それよりは、神さまのところにのこしていったほうがいいと思ったのだ。

一番はじめに書いた、わたしの本。

自分の手元にはなくても、このときの気もちをわすれなければ、きっとやっていけるだろう――わたしが塚に向かって、手をあわせていると、

「ひさしぶりだね」

うしろから男の人の声がした。

わたしはふりかえって、目をまるくした。

そこに立っていたのは、九年前にとつぜんあらわれて、とつぜん消えた人物――山岸《やまぎし》さ

んだったのだ。

九年たっても、その外見はまったく変わっていない。それどころか、むしろ若《わか》がえっているようにさえ見える。

「とりこわされるときいて、なつかしくなってね」

山岸《やまぎし》さんは目をほそめて塚《つか》を見つめると、わたしのほうを向いて、

「そういえば、さっきあかずの教室をのぞいてみたら、ずいぶん荒《あ》れてたけど、なにかあったの？」

ときいてきた。

わたしは、なんだか小学生のころにもどったような気分で、教室の中で起こったことの一部始終を山岸さんに話して、ポケットから紙の切れはしをとりだした。

「それって、燃《も》やさないといけないんだよね？」

山岸さんの言葉に、わたしがうなずくと、

「ちょっと貸《か》してくれる？」

山岸さんは、わたしの手から無造作《むぞうさ》に紙切れをとりあげて、きいた。

「狐火《きつねび》って知ってる？」

「火の気《け》のないところに、とつぜんあらわれる火のことですよね？」

わたしが答えると、次の瞬間《しゅんかん》、山岸《やまぎし》さんの手のひらの上で、こっくりさんの紙の切れはしが、ボッと音を立てて燃《も》えあがった。

「きゃっ」

わたしがびっくりしてあとずさりをすると、

「これで本当に、こっくりさんはおしまい」

山岸さんはそういって、ぱんぱんと両手をはらった。

菜々《なな》ちゃんがひとりでこっくりさんをやってから、約三十年。

長い長いこっくりさんだった。

それにしても――わたしはまじまじと、山岸さんを見つめた。

九年前も正体不明だったけど、いまでもなぞの人だ。

「あれ？　そういえば、あのノートは？」

山岸さんが、あたりをきょろきょろと見まわした。

「ノートなら、そこに……」

わたしは塚《つか》を指さして、「え？」と自分の目を疑《うたが》った。

いま置いたばかりのノートが、なくなっていたのだ。

「どうしたの？」

わたしが塚の前にノートを置いたことを話すと、

「きっと、こっくりさんがいっしょにもっていったんじゃないかな」

山岸《やまぎし》さんが肩《かた》をすくめてそういった。

「はあ……」

ノートがなかったら、なんだかすべてが夢《ゆめ》かまぼろしだったように思えてくる。

わたしが気がぬけたように立ちつくしていると、

「いまでも、怪談《かいだん》を書いてるの？」

山岸さんがわたしの目をのぞきこむようにしてきいてきた。

「はい」

わたしがはっきりとうなずくと、山岸さんはにやりと笑っていった。

「だったら、またどこかであえるかもしれないね」

そのとき、強い風がわたしたちの間を吹《ふ》きぬけた。

まいあがる砂《すな》ぼこりに、思わず腕《うで》で顔をかばいながら目を閉《と》じたわたしが、次に目をあけたときには、そこに山岸《やまぎし》さんの姿《すがた》はなく、ただ風に吹かれた落ち葉がカサカサと音を立てているだけだった。

次回予告
「怪談収集家《かいだんしゅうしゅうか》　山岸良介《やまぎしりょうすけ》の日常《にちじょう》（仮題）」
浩介《こうすけ》のお父さんが店長をつとめるスー
パーに、子どもの幽霊《ゆうれい》が？　浩介は山岸《やまぎし》
さんと協力して解決《かいけつ》にのりだすけど……。相
同級生の園田《そのだ》さんに好きな人が？
手はいったい──!?　平和なはずの日常
も、怪談憑《かいだんつ》きの助手《じょしゅ》には休むひまはあり
ません。

緑川聖司（みどりかわ　せいじ）
『晴れた日は図書館へいこう』で日本児童文学者協会長編児童文学新人賞佳作を受賞し、デビュー。作品に『ついてくる怪談 黒い本』などの「本の怪談」シリーズ、「怪談収集家」シリーズ、「晴れた日は図書館へいこう」シリーズ、『福まねき寺にいらっしゃい』（以上ポプラ社）、「霊感少女」シリーズ（KADOKAWA）などがある。大阪府在住。

竹岡美穂（たけおか　みほ）
人気のフリーイラストレーター。おもな挿絵作品に「文学少女」シリーズ、「吸血鬼になったキミは永遠の愛をはじめる」シリーズ（ともにエンターブレイン）、緑川氏とのコンビでは「本の怪談」シリーズ、「怪談収集家」シリーズがある。埼玉県在住。

2017年12月　第1刷　　　2018年1月　第2刷

ポプラポケット文庫077-18

まぼろしの怪談《かいだん》　わたしの本《ほん》

作　緑川聖司
絵　竹岡美穂
発行者　長谷川 均
編集　荒川 寛子
発行所　株式会社ポプラ社
東京都新宿区大京町22-1・〒160-8565
振替　00140-3-149271
電話（編集）03-3357-2216
（営業）03-3357-2212
ホームページ www.poplar.co.jp
印刷　中央精版印刷株式会社
製本　大和製本株式会社
Designed by 濱田悦裕

ISBN978-4-591-15653-7　N.D.C.913　204p　18cm

怪談《かいだん》シリーズ

きみは何冊読んだ？

「怪談収集家」シリーズ（既刊4巻）

- 「怪談収集家 山岸良介の帰還」
- 「怪談収集家 山岸良介の冒険」
- 「怪談収集家 山岸良介と学校の怪談」
- 「怪談収集家 山岸良介と人形村」

みなさんとともに明るい未来を

一九七六年、ポプラ社は日本の未来ある少年少女のみなさんのしなやかな成長を希《ねが》って、「ポプラ社文庫」を刊行しました。

二十世紀から二十一世紀へ――この世紀に亘《わた》る激動の三十年間に、ポプラ社文庫は、みなさんの圧倒的な支持をいただき、発行された本は、八五一点。刊行された本は、何と四千万冊に及びました。このことはみなさんが一生懸命《いっしょうけんめい》本を読んでくださったという証左《あかし》でもあります。

しかしこの三十年間に世界はもとよりみなさんをとりまく状況も一変しました。地球温暖化による環境破壊、大地震、大津波、それに悲しい戦争もありました。多くの若いみなさんのかけがえのない生命も無惨《むざん》にうばわれました。そしていまだに続く、戦争や無差別テロ、病気や飢餓《きが》……、ほんとうに悲しいことばかりです。

でも決してあきらめてはいけないのです。誰もがさわやかに明るく生きられる社会を、世界をつくり得る、限りない知恵と勇気がみなさんにはあるのですから。

――若者が本を読まない国に未来はないと言います。

創立六十周年を迎えんとするこの年に、ポプラ社は新たに強力な執筆者《しっぴつしゃ》と志《こころざし》を同じくするすべての関係者のご支援をいただき、「ポプラポケット文庫」を創刊いたします。

二〇〇五年十月

株式会社ポプラ社